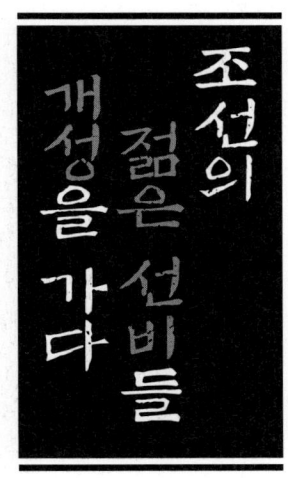

조선의 젊은 선비들 개성을 가다

채수 외 저, 이동재 역

보고사

■ 역자 이동재

공주대학교 사범대학 한문교육과 교수.
매계 조위의 시문학 연구로 문학박사 학위를 취득했다.
저서로는 『매계 조위의 삶과 문학』(보고사), 『실용한문의 이해』(공저, 보고사)
『교양한문』(공저, 보고사) 등이 있으며, 그밖에 다수의 한문학 및 한문교육 관련 논문이 있다.

조선의 젊은 선비들 개성을 가다

**초판 1쇄 발행**  2008년 8월 29일

**역　자**  이동재
**발행인**  김홍국
**발행처**  도서출판 보고사
**주　소**  서울시 성북구 보문동 7가 11번지 2층
**등　록**  6-0429(1990.12)
**전　화**  922-5120~1(편집부) / 922-2246(영업부)
**팩　스**  922-6990
**메　일**  kanapub3@chol.com
**정　가**  12,000원
**ISBN**　978-89-8433-526-4 (03810)

www.bogosabooks.co.kr

＊잘못된 책은 바꾸어 드립니다.

# 책머리에

　예나 지금이나 사람들은 여행지를 선택할 때, 주로 역사적 문화유산이 있는 곳이나, 신비로운 비경이 있는 경승지, 놀고 즐길 만한 오락시설이 있는 곳을 찾는다. 역사적 문화유산이 있는 곳은 지나간 왕조의 유허지인 신라의 경주, 백제의 공주와 부여, 고려의 개성[송도], 조선의 한양[서울]이 바로 그곳이라고 할 수 있다. 또한 비경의 경승지는 제주도와 울릉도, 금강산 등일 것이며, 즐길 만한 오락시설은 과천의 서울랜드나 용인의 에버랜드 등이라고 할 수 있다.

　개성은 고려 500년의 도읍지로 개성 성균관을 비롯하여 영통사, 관음사, 선죽교, 숭양서원, 화원, 궁궐터 등의 문화유산과 박연폭포와 같은 경승 등이 있어서 많은 여행객들을 불러들일 수 있는 곳이지만 아쉽게도 남북의 분단으로 인해 60여 년을 아무나 접근할 수 없는 금단(禁斷)의 장소였다.

　다행히 근자(近者)에 와서 북한은 남북 화해와 경제적 이익을 위해 1998년 금강산을 개방하여 관광을 시작한 지 9년 만인 2007년에 개성을 관광을 할 수 있도록 추가 개방하였다. 이에 국내외 많은 관광객들이 개성을 찾아 고려의 유허지인 영통사와 성균관, 선죽교 등을 돌아보고, 이어 비경인 박연폭포 등을 찾는다.

　여행자들이 여행지에서 느끼는 소감은 동서고금을 막론하고 누구나 할 것 없이 새롭게 접하는 경관 앞에 서서 형승(形勝)에 대한 감탄과 이색적인 경물에 대한 경탄(驚歎), 역사적 폐허지에 이르면 세도(世道)의 흥폐(興廢)와 인물성쇠(人物盛衰)의 허무와 감개를 드러내고, 여행지 현지민들의 어려운 삶의 현장을 목도하면서 현실을 개탄하기도 하며, 여로(旅路)가 고단하게 느껴질 때에는 집

3

에 대한 그리움을 드러낸다.

송도의 유람은 1476년(성종 12년), 조선 성종의 지우(知遇)를 입은 젊은 선비인 이조 정랑(正郞) 채수(蔡壽), 성균관 직강(直講) 권건(權健), 사헌부 감찰(監察) 허침(許琛), 봉상시 부봉시(副奉寺) 유호인(兪好仁), 승문원 정자(正字) 양희지(楊熙止), 예문관 봉교(奉敎) 조위(曺偉) 등이 용산에 있는 장의사(藏義寺)에서 사가독서(賜暇讀書)하며 『사기(史記)』 등 역사서를 읽으면서 의기투합하여, 개성을 유람할 것을 약속하였다. 다음 해(1477년, 성종 13년) 봄, 채수와 조위 외에 4명은 공무(公務)에 쫓기어 시간을 낼 수 없어서 참여할 수 없었다. 그래서 채수와 조위가 중심이 되어 평소 친밀한 관계를 맺고 있던 선배 관료이자 문인인 안침(安琛)과 성현(成俔), 성현의 조카인 성세명(成世明)·세원(世源) 형제 등 6명이 10여 일간 송도(松都)를 유람하며 지은 시문집이 바로 『유송도록(遊松都錄)』이다.

이 『유송도록』은 유람의 총무의 역할을 한 조위가 송도유람을 다녀온 다음 해(1478년, 성종 14년) 편집하였으며, 40여 년이 지난 1515년(중종 10년), 이희보(李希輔)가 목판으로 간행한 것이 오늘날까지 전해오고 있다.

『유송도록』의 구성은 당대의 문병(文柄)을 잡고 있었던 서거정(徐居正)의 '서문(序文)'과 신진사류의 정신적 스승 역할을 하고 있던 김종직(金宗直)의 '발문(跋文)', 유람의 좌장격인 채수의 산문인 '유송도록(遊松都錄)'이 있고, 이어 송도의 화원(花園)을 비롯한 고려의 유허지의 이곳저곳에서 읊은 시, 끝에 이희보의 발문으로 구성되어 있다.

『유송도록』의 내용은 고려 유허지에서 역사의 회고와 감계, 박연폭포와 같은 승경에 대한 찬탄, 여행지에서만 느낄 수 있는 일탈의 감정을 드러낸 시 등이 주된 내용이다. 그 가운데 고려왕조의 유허지를 찾아 실증을 통한 오늘의 감계를 삼고자 한 시가 많은 분량을 차지하고 있다. 이는 그들이 사가독서 중 읽은 책이 『사기』를 비롯한 역사서였고, 역사를 검증하고자 하는 상승된 분위기에서 송도를 유람하였기 때문이다. 즉 이들은 고려가 망한 지 80여 년 밖에 지나지 않은 시점에서 고려가 망한 이유를 따져 보고, 이를 당대의 현실 정치에 반영하고자 하는 의도를 드러낸 것이라고 할 수 있다.

그러나 이들이 살던 시대는 조선 건국의 정당성을 강하게 영향을 미치는 현실에서 자신의 철학과 의지를 크게 드러낼 수 없었기 때문에, 조선 건국의 이념인 성리학(性理學)에서 추구하는 이상적(理想的) 인간상의 표상인 정몽주(鄭夢周)와 관련된 선죽교, 숭양서원을 찾아가거나, 이에 대한 언급이 없는 것이 아쉬움으로 남는다. 그렇지만 여행자 자신의 출신 성분이나 지적 호기심에 따라 동일한 장소에서 읊은 시의 내용과 사회적 의미부여 등에서 차이점을 시의 행간에서 읽을 수 있다.

오늘날에도 여행의 목적에 대해 의견이 분분하다. 여행에 찬성하는 사람들은 대부분 여행을 통해 삶의 휴식과 이를 통하여 자신의 삶을 뒤돌아보고, 새로운 삶의 각오를 다진다고 한다. 그러나 개성의 여행은 휴식과 자신의 삶을 되돌아보는 여행이라기보다는 고려가 남긴 문화유적을 돌아보며 역사의 흥망성쇠를 확인하고, 여기에 의미를 부여하는 여행이라고 할 수 있다.

그렇다면 오늘날 우리가 개성을 찾아 고려의 유허지에서 무엇을 얻고, 생각하며, 또 어떤 의미를 부여할 수 있을까?

이에 대한 해답을 감히 이 『조선의 젊은 선비들 개성을 가다』를 통해 조금은 풀 수 있지 않을까 생각한다. 이 책을 읽고 개성을 관광한다면 막연히 고려의 유적지를 찾는 것보다는 좀 더 유익한 의미를 줄 것이라고 확신한다.

어려운 출판계의 사정에도 출판하여 준 보고사 김흥국 사장님과 편집과 교정을 해주신 박현정 님, 번역한 내용을 교정해 주신 김창호 박사님께 깊은 감사를 드린다.

2008년 8월 15일

謙晦齋에서

譯者 李東宰 쓰다

# 차례

# 유송도록서

서거정[1]

소영빈(蘇穎濱)[2]이 일찍이 논하기를 "시문이란 기(氣)가 밖으로 드러난 것이다. 맹자(孟子)[3]는 호연지기(浩然之氣)[4]를 잘 길렀으며, 사마천(司馬遷)[5]은 멀고 먼 유람을 통해 그의 기상을 웅장하게 하였기 때문에, 그들이 지은 문장은 크고 넓으며 성기고 거친 기상이 있다"라고 하였다.

또한 영빈도 웅장한 경관(景觀)을 찾아서 그의 기상을 웅장하게 하기 위해 하늘 높이 솟아있는 종남산[6]과 화산[7]을 유람하였고, 거침없이 흐르는 황하와 장엄하고 화려한 장안의 궁궐을 찾아보았다. 또한 구양수(歐陽修)[8]·한유(韓愈)[9] 같은 위대한 인물들을 만나 본 연후에야 이르기를 "천하의 문장이 다 이곳

---

1) 서거정(徐居正, 1420~1488) : 조선 전기의 학자, 문인. 자는 강중(剛中)이고, 호는 사가정(四佳亭)이다. 성리학을 비롯하여 천문, 지리, 의약 등에 정통하였고, 문장과 글씨에도 능하였으며, 저서로『동인시화』,『필원잡기』등이 있다.
2) 소순(蘇洵, 1009~1066) : 자 명윤(明允). 호 노천(老泉). 미산(眉山 : 지금의 四川省) 출신으로 아들 소식(蘇軾)·소철(蘇轍)과 함께 삼소(三蘇)라 불렸고, 함께 당송팔대가(唐宋八大家)로 칭송되었다.
3) 맹자(孟子, BC 372?~BC 289?) : 본명은 가(軻), 자는 자여(子輿)·자거(子車)이며 중국 전국시대의 유교 사상가로 도덕정치인 왕도(王道)를 주창하였다.
4) 하늘과 땅 사이에 가득 찬 넓고 큰 원기.
5) 사마 천(司馬遷, BC 145?~BC 86?) : 자는 자장(子長)이며, 전한(前漢)의 역사가로『사기(史記)』를 지었다.
6) 중국의 섬서성(陝西省) 장안(長安)의 남쪽 50여 리에 있는 종남산맥(終南山脈 : 秦嶺) 가운데 한 봉우리로 고찰(古刹)·명승(名勝)이 많다.
7) 중국의 섬서성(陝西省)에 있는 고대 오악(五嶽)의 하나인 서악(西嶽)으로 진령산맥(秦嶺山脈) 가운데 한 봉우리이다.
8) 구양수(歐陽修, 1007~1072) : 중국 송나라의 정치가 겸 문인. 송나라 초기의 미문조(美文調) 시문인 서곤체(西崑體)를 개혁하고, 당나라의 한유를 모범으로 하는 시문을 지은 당송팔대가(唐宋八大家)의 한 사람이다.
9) 한유(韓愈, 768~824) : 자 퇴지(退之). 시호 문공(文公). 회주(懷州) 수무현(修武縣:河南省) 출생. 송대 이후 도학(道學)의 선구자였던 중국 당나라의 문학가 겸 사상가. 산문의 문체개혁(文體改革)과 시에 있어 지적인 흥미를 정련(精練)된 표현으로 나타낼 것을 시도하는 등 문학상의 공적을 세워, 송대 이후 중국 산문문체의 표준이 되고 제재(題材)의 확장을 주는 등 영향을 주었다.

에 있다"라고 하였다.

또한 마자재(馬子才)[10]도 이르기를 "자장(子長)[11]의 글은 서책에 있지 않았고 배움의 유람에 있었다. 유람을 통한 현장 확인이 없는 학문은 썩어 문드러졌다고 여긴 것은 당연하다"라고 하였다.

나는 일찍이 소순과 마자재 두 사람은 사마천이 남긴 의미를 깊이 체득한 자라고 생각했다. 아아! 후세에 문장을 짓는 선비들은 문장을 짓지 아니하면 그만이지만, 문장을 짓는다면 맹자·사마천·소순·마자재를 버리고 다시 누구를 찾을 수 있겠는가?

오늘날 경숙(磬叔)[12]·기지(耆之)[13]·자진(子珍)[14]·헌지(獻之)[15]·태허(大虛)[16] 등 여러 선비들은 모두 이 시대의 큰 인물들로 그 뜻을 세움이 어찌 맹자·사마천·소순·마자재보다 못하겠는가?

맹자·사마천·소순·마자재는 같은 시기에 태어나지도 않았고, 정신세계도 서로 합치되지 않았으며, 의론도 교학상장하지 않았지만 오히려 1,100년의 사이에 서로 일으키기를 충분하게 하였다.

그러나 성현(成俔) 등 여러 군자들은 생전에 문학을 좋아하는 임금을 만났고, 은혜롭게도 사가독서[17]를 허락받아 천하의 서적을 다 읽게 되어 정신이 합치되

---

10) 마존(馬存, ? ~ ?) : 자는 자재(子才)이고, 중국 강서성 낙평(樂平) 사람으로 남송의 학자인 호원(胡瑗)의 재전문인(再傳門人)으로 문장이 웅혼하고 직절(直截)하였다는 평을 들었다.

11) 사마천의 자(字).

12) 성현(成俔, 1439~1504) : 조선 성종 때의 문신, 학자. 자는 경숙(磬叔), 호는 부휴자(浮休子), 용재(齋), 허백당(虛白堂). 대제학(大提學) 등을 지냈고, 저서에 『용재총화』, 『허백당집』 등이 있다.

13) 채수(蔡壽, 1449~1515) : 조선 성종~중종 때의 문신. 중종반정 공신. 본관은 인천(仁川)이고, 자는 기지(耆之)이며, 호는 나재(懶齋)이며, 저서로 『나재집』 2권이 있다.

14) 안침(安琛, 1445~1515) : 조선 전기의 문신. 본관은 순흥(順興)이고, 자는 자진(子珍)이며, 호는 죽창(竹窓)·죽제(竹齊)이다.

15) 허침(許琛, 1444~1505) : 조선 성종·연산군 때의 문신. 자는 헌지(獻之)이고, 호는 이헌(軒)이며, 시호는 문정(文貞)이다. 벼슬은 좌의정을 역임하였으며, 성종조의 청백리(淸白吏)에 녹선되었다.

16) 조위(曺偉, 1454~1503) : 조선 성종·연산군 때의 문신. 본관은 창녕(昌寧)이고, 자는 태허(太虛)이며, 호는 매계(梅溪), 시호는 문장(文莊)이다. 저서로 『매계집』이 있다.

17) 조선 세종(世宗) 8년(1426)에 유능한 젊은 문신들을 뽑아 휴가를 주어, 독서당(讀書堂)에서 공부하게 한 일. 세조(世祖) 때 이 제도를 없앴다가, 성종(成宗) 7년(1476)에 다시 복구하였고, 그 후 병자

고, 의논하여 교학상장(教學相長)하더니, 그것을 바야흐로 크게 문장에 펼쳐 이리저리 내달리며 옛 작가를 좇으니 그 유람을 장엄하게 하고 기상을 특이하게 하는 것은 바로 이때에 달려있다.

『유송도록(遊松都錄)』을 보니, 그들이 옛날 고려의 고궁을 두루 둘러보았다. 지금은 기장밭만 눈에 가득하고, 곡령(鵠嶺)은 고려의 기운이 다하였으며, 용정(龍井)은 이미 샘물이 말랐다. 산도벼밭에서 감회에 젖고, 구정(毬庭)에서 슬픔에 젖으며, 고려 500년의 역사를 회고한 것은 그 문장이 강개하고 침울하였다.

영웅호걸과 공후장상(公侯將相)의 풍류(風流)는 비록 사라졌으나 유적들은 아직도 남아있으니, 자하동(紫河洞)은 쓸쓸하고 추암(皺岩)은 황량하여 구름이 흘러가고 새들도 날아가니, 볼수록 더욱 상심하게 하는 것은 그 말이 비완하고 유장하다.

부소산(扶蘇山)을 넘어 오관산(五冠山)에 이르고, 성거산(聖居山)을 지나 천마산(天磨山)에 올라, 송도의 여기저기를 널리 찾아보며 병악(餠岳)에 이르자, 바다의 섬들과 여러 봉우리들은 푸른빛을 모아 놓은 듯하여, 아득히 바라보면 울창한 것은 말이 엄숙하고 단정하며 험준하다.

임진강에 배를 띄워서 한강을 조망하고, 박연폭포에 가서 고모담을 굽어보며, 서쪽으로 벽란강(碧瀾江)과 조강(祖江)에 노닐 때, 성난 파도와 거센 물결이 바다와 만나 솟구치는 것은 그 말이 깊고 한없이 넓다.

화원(花園)을 방문하여 팔각전(八角殿)에 올라 남산을 바라보며 정의를 위해 일으킨 군사들이 회군을 하여 용처럼 뛰고 호랑이처럼 내달리자 늙은 장군[18]과 교활한 아이[19]가 두려워서 덜덜 떠는 것을 상상한 것은 그 말이 기세가 대단하고 몹시 씩씩하다.

성균관(成均館)에 이르러 공자님을 알현하고 목청전(穆淸殿)에 들어가서 태

---

호란을 당하여 아주 없어졌다.
[18] 최영(崔瑩) 장군을 가리킨다.
[19] 고려의 우왕(禑王)을 가리킨다.

조의 어진(御眞)에 참배하며, 예의를 갖추고 조용히 우러러 보는 것은 그 말이 온순하고 전아(典雅)하다.

그 문장이란 본 것으로부터 연유하며, 기상이란 사람마다 각기 다른데 장차 마자재가 될 것인가? 소순이 될 것인가? 사마천이 될 것인가? 맹자가 될 것인가? 그러니 유람은 기상을 위해 오히려 그만둘 수 없다.

나 서거정도 또한 일찍이 유람을 하는 일에 종사하여 기상을 장엄하게 하고 문장을 기이하게 하는데 뜻을 두었으나, 이제는 늙었도다. 책의 떨어진 낙장이나 아침저녁으로 더듬거리며 외우는 형편인데, 다시 무슨 유람을 바라겠는가?

소순은 명산을 유람하여 종남산(終南山)과 화산(華山)을 보았고, 물은 황하를 보았으며, 사람은 구양수와 한유를 보고서야 대관(大觀)의 극치를 이룰 수 있었다.

여러분들은 당연히 유람을 하며 기상을 장대하게 하였으니, 틀림없이 이 시대의 구양수와 한유가 되어 대관(大觀)을 이루었으니, 더불어 함께 문장을 논할 수 있겠다.

무술년(1478년, 성종14년)


## 遊松都錄序

徐居正


蘇穎濱嘗論 "文者氣之形. 孟子善養浩然之氣 司馬遷遠遊以壯其氣 故其爲文 有宏博焉 有疏蕩焉." 穎濱亦欲求大觀以壯其氣 則覽終華之窮崇 瞻黃河之奔放 及覩京師宮闕之壯麗. 人物歐·韓之俊偉 然後乃曰 "天下之文章 盡在是矣." 馬子才亦曰 "子長之文 不在書 在學遊 不學遊而學文 乃腐熟常常耳." 予嘗以謂蘇·馬二子 深得子長之遺意者. 嗚呼! 後世文章之士

不爲則已 爲則捨軒·遷·蘇·馬 復何求哉? 今磬叔·耆之·子珍·獻之·大虛諸君子 皆一時之臣擘 其立志 豈下於軒·遷·蘇·馬者乎? 軒·遷·蘇·馬生不同時 精神不相聚 議論不相長 猶足以相起於千百載之間. 諸君子 生逢好文之主 恩許休暇 盡讀天下書 精神議論 旣相聚長 方將大肆於文章 馳騁凌轢 追古作者 則壯其遊 奇其氣 正在此時. 今觀遊松都錄 其周訪故宮 黍離盈眸 鵠嶺氣銷 龍井已智 感稊田 悲毬庭 上下五百載 俯仰興懷者 則其辭慷慨而沈鬱矣. 英雄豪傑 公侯將相 風流雖謝 而遺跡尚存. 紫洞凄迷 皺岩荒涼 雲飛鳥逝 轉矚傷魂者 則其辭悲惋而悠長矣. 踰扶蘇抵五冠 躡聖居凌天磨 冥搜博訪 至于餠岳 海島諸峯 攢青靉翠 鬱乎彌望者 則其辭峻整而峭絶矣. 浮臨津瞰洛河 臨朴淵俯姑潭 西遊碧瀾祖江 驚濤駭浪 與海噴薄者 則其辭淵深而浩漫矣. 訪花園 登八角 覘男山 想見義師言 旋龍跳虎躍 老將狡童 心悸膽慄 則其辭豪壯而快健矣. 至成均館謁宣聖 入穆清拜粹眞 周旋禮儀 從容瞻眺者 則其辭溫醇而典雅矣. 其爲辭 因所覩覽而氣象千萬 將爲馬乎? 蘇乎? 遷乎? 軒乎? 其遊其氣 不可尚已. 居正亦嘗從事乎遊 有志於壯其氣 奇其文者 今則老矣. 殘編破冊 朝唫暮誦 復何慕於外乎哉. 穎濱於山見終華 於水見黃河 於人見歐·韓 能極其大觀 諸君子當以得於遊 得於氣者 而歸當世之歐·韓 以終大觀 然後可與言文矣.

戊戌.

# 유송도록발

김종직[1]

　고려(高麗)는 송악(松嶽)에 도읍하여 거의 5백 년을 이어오다 망하였다. 그 전성시대에는 임금과 신하들이 서로 화합하여 태평성대를 이루어 성지(城池)와 관궐(觀闕)들은 위엄을 보이면서도 마음껏 놀 수 있는 공간을 제공했다. 공경대부(公卿大夫)나 호민부상(豪民富商)들의 원지(園池)와 주택들은 자하동(紫霞洞)을 에워싸고, 남산에까지 즐비하게 늘어서 있었으며, 여기에 절집과 탑들이 뒤섞여 서로 화려함을 다투고, 황금빛과 푸른빛의 고운 단청이 휘황찬란하였다.

　그러다가 우리 태조(太祖)가 임금이 되어 한양(漢陽)에 도읍을 정하자, 몇 년도 안 되어서 왕 씨(王氏)들이 높게 지어놓은 누대와 깊이 파 놓은 연못들은 쓸어버린 듯이 다 없어지고, 동타(銅駝)가 가시덤불 속에 묻히고,[2] 조를 심은 밭들만 눈에 가득한 것[3]이 지금까지 80여 년이 되었다. 고려의 유민(遺民)으로서 그 당시 어린아이들은 이제 늙은이가 되었고, 장성했던 사람들은 벌써 죽어 무덤가의 한 아름 나무가 되었으니, 또 누구에게서 지난날의 번화했던 시절을 고증할 수 있겠는가?

　『시경(詩經)』「대아(大雅)」에 이르기를, "은(殷)나라가 거울로 삼을 것은 멀

---

1) 김종직(金宗直, 1431~1492) : 조선 시대의 성리학자, 문신. 자는 계온(季昷)이고 호는 점필재(畢齋)이다. 문장과 경술이 뛰어나 영남학파의 종조(宗祖)가 되었으며, 저서에 『점필재집』, 『청구풍아』 등이 있다.

2) 『진서(晉書)』「삭정전(索靖傳)」에, 진(晉)나라 삭정(索靖)이 천하가 장차 어지러워질 것을 미리 알고는 낙양의 궁문(宮門) 밖에 있는 동타를 가리켜 말하기를 "네가 가시덤불 속에 있게 되는 것을 곧 보겠다"고 한 데서 온 말로 나라가 망함을 뜻한다.

3) 『시경(詩經)』「왕풍(王風)」에 "저 기장의 열매가 드리웠거늘, 저 피의 이삭이 자랐도다(彼黍離離 / 彼稷之苗)"에서 온 말이다. 이 시는 주(周)나라가 망하여 동쪽으로 도읍을 옮긴 뒤에 주나라 대부(大夫)가 주나라의 옛 종묘(宗廟)와 궁실(宮室)의 터가 모두 기장밭이 된 것을 보고 영고성쇠(榮枯盛衰)의 무상함을 탄식하여 부른 노래로 나라가 망한 것을 뜻한다.

리 있지 않고, 바로 하후(夏后)의 시대에 있다"⁴⁾라고 하였다. 쌓는 것은 5백 년을 쌓아도 부족하였고, 허무는 것은 하루 만에 헐고 남음이 있었다. 아! 왕씨(王氏)의 도읍은 바로 오늘날의 은나라 거울이라고 할 수 있다.

성화(成化) 13년(1477년, 성종13년) 봄에 나의 친구인 창녕(昌寧) 성경숙(成磬叔)이 인천(仁川) 채기지(蔡耆之), 양천(陽川) 허헌지(許獻之), 죽계(竹溪) 안자진(安子珍), 하산(夏山) 조태허(曺太虛)와 경숙의 조카인 성세명(成世明)·성세원(成世源) 등과 함께 휴가를 받아서 이곳 송도를 유람한다고 하였다. 나는 그 말을 듣고서 반드시 행록(行錄)이 있을 것이라고 여겼었다.

다음해 여름 태허가 비로소 그 행록을 가지고 왔다. 그들이 화원(花園)을 찾아 팔각전(八角殿)⁵⁾ 아래에서 배회한 것을 보고, 최철원(崔鐵園)이 광동(狂童)을 도와서 상국(上國)을 범하다가 의기(義旗)가 돌아오자, 수레를 모아서 길거리를 막고 문지기를 창으로 찌르고 화원으로 들어간 상황을 상상해보았다.⁶⁾ 이것이 "제 혼자 성낸다고 어찌 병이 낫겠는가?"를 말한 것이다.

또 대성묘(大成廟)를 배알하면서 흙으로 빚어 만든 소상이 옛 제도가 아닌 것을 통탄하였고, 연복사(演福寺)의 누각에 올라서는 스님들이 복전설(福田說)을⁷⁾ 이용하여 임금을 현혹시켰고, 귀신같은 솜씨를 다 부려 누각을 만들었으나 끝내 또한 퇴락을 면치 못한 것을 탄식하였다.

건덕전(乾德殿)에 이르러 위봉루(威鳳樓)에 다다르니, 언덕은 어제와 같았으나 주춧돌과 섬돌은 거의 반이나 황폐해졌다. 이것으로 인하여 그 당시 팔관회(八關會)를 열 때에 구정(毬庭)을 크게 개창하고, 비단을 1,000여 필이나 쌓아

---

4) 『시경(詩經)』「대아(大雅)」, 〈탕(蕩)〉에서 나온 말로, 은(殷)나라의 무도한 임금 주(紂)가 거울로 삼을 것은 바로 하(夏)나라의 무도한 임금 걸(桀)에 있다는 의미이다.

5) 개경(開京)의 화원(花園) 속에 있는 전각으로 고려 공민왕(恭愍王)이 일찍이 2층으로 팔각정을 짓고 주위에 화초(花草)를 심고 연회장소로 사용하였다.

6) 철원(鐵園)은 고려 말 명장인 철원부원군(鐵原府原君) 최영(崔瑩)을 가리키고, 광동(狂童)은 고려 우왕(禑王)을 가리키며, 상국(上國)은 명(明)나라를 가리키고, 의기(義旗)란 위화도에서 회군한 이성계(李成桂)의 군대를 가리킨다.

7) 불교(佛敎) 용어로, 부처를 공양(供養)하여 얻는 복을 이른다. 부처를 섬기면 복이 생기는 것이 마치 밭에서 곡식이 나는 것과 같다는 뜻에서 이른 말이다.

놓고 악기소리 다투어 울리는 가운데 임금과 신하가 밤새도록 즐겼던 일을 상상하였다.

오관산(五冠山)에서 목계가(木鷄歌)[8]를 노래한 데 이르러서는 목왕(穆王)[9]의 말에 재갈 물린 것을 위문하고, 박연폭포(朴淵瀑布)에서 음험한 짐승을 엿봄에 이르러서는 문종(文宗)의 시험삼은 행차를 위태롭게 여겼다.

장원정(長源亭)과 연복정(延福亭) 등에 이르러서는 문사(文士)들이 경박하고 방탕함으로 연유하여 조시(朝市)에 유혈(流血) 사태를 불러오고 임금을 쫓아내고 권신(權臣)의 화(禍)가 대대로 그치지 않게 된 것을 슬퍼하였다.

무릇 고려 500년 동안에 걸친 사리의 어두움과 밝음, 일이 이루어지고 어긋난 자취가 눈에 보이고, 생각에 느껴진 것에 대해서는 금낭(錦囊)에 주워 담지 않은 것이 없어, 마치 금옥(金玉)이 서로 창수(唱酬)한 듯하고, 훈호(壎箎)가 서로 호응한 듯하며, 천손(天孫)이 일곱 번 자리를 옮김으로써 봄 하늘에 구름이 나는 것 같기도 하다.[10] 그래서 나는 책을 어루만지며 이렇게 감탄하였다.

"훌륭하도다!" 감계(鑑誡)가 밝고 풍유(諷諭)가 드러나기로는 『시경(詩經)』 삼백편(三百篇)의 뜻도 여기에 넘지 않을 것이다. 제군들은 방금 경연(經筵)에서 임금을 가까이 모시면서 성총(聖聰)을 돕는 것을 직무로 삼고 있으니, 그 어전(御前)에 엎드려 단의잠(丹扆箴)[11]을 올릴 적에 멀리 옛날의 일을 끌어댈 것

---

8) 『고려사(高麗史)』「악지(樂志)」에 "효자인 문충은 오관산(五冠山) 밑에 살았는데, 홀어머니에 대한 효성이 지극하였다. 집에서 30리나 되는 서울(開城)을 아침저녁으로 왕복하여 통근하면서도 어머니에 대한 효성은 변함없이 극진하였으나, 어머니가 날로 노쇠해짐을 보고 슬퍼하여 이 노래를 지었다"고 한다. 이제현(李齊賢)의 한역가(漢譯歌)에 "나무 조각을 다듬어 조그마한 수탉을 만들어서 / 젓가락으로 집어다 벽의 홰에 앉혔네. 이 닭이 꼬끼오 울어 때를 알릴 때마다 / 어머님 얼굴에 주름살이 하나 더 생기겠지(木頭調作小唐鷄 / 筯子拈來壁上棲. 此鳥膠膠報時節 / 慈顔始似日平西)"라고 읊었다.

9) 고려 목종(穆宗)이 그의 모후(母后)인 천추태후(千秋太后)가 일찍이 김치양(金致陽)과 간통하여 낳은 아들에게 왕위(王位)를 계승시키려고 목종을 해치려 하자, 목종이 이를 알아차리고 자기 당숙인 대량원군(大良院君)을 후계자로 맞은 다음, 서북면 도순검사(西北面都巡檢使) 강조(康兆)에게 왕궁(王宮)의 호위를 명했으나 도리어 강조에게 폐위되었으며, 충주(忠州)로 유폐되는 도중에 피살되었다.

10) 『시경(詩經)』「소아(小雅)」〈대동(大東)〉에 "구석에 있는 저 직녀는 하루종일 일곱 번을 옮기도다(跂彼織女 / 終日七襄)"라고 하여, 천손은 베를 짠다는 직녀성(織女星)을 가리키고, 베를 짜는 것은 곧 문장(文章)을 이루는 것과 같은 의미이므로, 곧 시문(詩文)이 훌륭함을 뜻한다.

도 없이 고려(高麗)의 치란(治亂)을 가지고 귀감(龜鑑)으로 삼아 주상을 열어 인도한다면, 이 기록도 분명 도움됨이 있을 것이다.

나 같은 사람도 이 같은 유람에 뜻을 둔 지는 또한 오래되었다. 그러나 옛날 조정에 있을 때에도 바쁘게 출근하고 퇴근하기에 쫓기어 한 번도 돈의문(敦義門)을 나가 북쪽을 향해 가보지 못했다. 더구나 지금은 멀리 영남지방에서 공무에 얽매여 있고, 게다가 치아와 머리털이 점점 쇠해져서 금마(金馬), 옥당(玉堂)의 꿈이 날로 적막해져가고 있음에랴. 그러나 하늘의 복으로 일찍 얽매임을 벗어났고, 다리의 힘도 아직 믿을 만하니 제군들의 유람을 뒤따라 해보며, 제군들의 작품에 화답하는 것을 누가 막을 수 있겠는가?

무술년(1478년, 성종 14년) 단옷날(5월 5일) 선산인 김종직이 삼가 붙이다.


## 遊松都錄跋

金宗直


高麗氏都松嶽 幾五百年而亡. 當其全盛時 君臣歡洽 粉澤升平 非惟城池觀闕 可以示威重而供游衍也. 其公卿大夫 豪民富商 園池第宅 包紫霞 枕男山 鱗錯櫛比 雜以僧寮塔廟 爭奇鬪麗 金碧相輝. 及我眞主龍興 定鼎漢陽 而不數期 王氏之高高下下 經營倚疊者 蕩然無遺 銅駝荊棘 黍離盈目 逮于今八十餘年. 其遺民少者 老耄 壯者 冢木已拱 又孰從而徵其往日之繁華耶? 大雅曰 "殷鑑不遠 在夏后之世" 積之五百年而不足 毁之一日而有餘. 噫! 王氏之都 其可謂今日之殷鑑也歟.

---

11) 단의(丹扆)는 임금이 치는 적색(赤色) 병풍을 가리키는데, 당나라 경종(敬宗) 때에 절서 관찰사(浙西觀察使) 이덕유(李德裕)가 단의에다 잠(箴) 육수(六首)를 써서 올렸던 데서 연유한 말이다.

成化十三年春 吾友昌寧成磬叔 與仁川蔡耆之·陽川許獻之·竹溪安子珍·夏山曹太虛·磬叔之猶子世明·世源等 休告遊于是. 余聞之 以爲必有行錄焉. 越明年夏 太虛始携以來. 觀其訪花園 而徘徊乎八角殿下 想崔鐵圓之贊狂童 犯上國 及義旗之旋也 聚車塞街巷 以戈洞門者而入 此所謂自怒曷瘳者也. 謁大成廟 痛土塑之非古 登演福浮屠 嘆釋氏用福田之說 陷溺人主 殫極鬼功 而終亦不免於頹塌. 至乾德殿 抵威鳳樓 岡巒如昨 礎砌半荒 因想八關之會. 大敞毬庭 錦繡千堆 笙歌競沸 君臣耽樂 連夜達朝. 至若歌木鷄於五冠 弔穆王之鞔馬 窺陰獸於朴淵 危文宗之試驗 歷長源延福等亭 悲文士之輕佻放蕩 以致蹀血朝市 放逐君父 權臣之禍 歷世靡定. 凡五百年間 昏明成敗之迹 觸于目 感于懷者 罔不收拾之於錦囊 如玉唱而金酬也 如塤吹而箎應也 如天孫之七襄 而春空之蜚雲也. 余撫卷嘆曰"多乎哉!"鑑誡昭 而諷諭著 三百篇之旨 不越乎是矣. 諸君 方且昵侍經帷 以裨益聖聰爲職 其於伏細氊 箴丹宸之際 不暇遠引古昔 而以高麗治亂 爲龜鑑而啓迪之 是錄當有助焉. 如僕者 有志於斯遊 亦久矣. 昔者在朝 齪齪然困於卯申 不能一出敦義而北轅 況今逴然繫官於嶺外乎? 況今齒髮漸衰 金馬玉堂之夢 日以落莫乎? 雖然 如天之福 早脫馬羈 而濟勝之具 猶有可恃也則踵諸君之遊 而和諸君之作 誰禦之有?

戊戌 端陽節. 嵩善人 金宗直謹識.

# 조태허와 채기지가
## 송도로 유람을 떠나는 것을 전송하며*

양희지[1]

　송도는 내가 유람해 보기를 원하던 곳이다. 지난해 특별히 사가독서의 은총을 입어 허헌지(許獻之), 유극기(兪克己)[2]·권숙강(權叔强)[3]·조태허(曹大虛)·채기지(蔡耆之) 등과 밤낮으로 함께 생활했는데, 때때로 대화가 송도[개성]에 이르면, 유람해 보고 싶은 마음을 더욱 금할 수 없어 다음해 봄에 함께 찾아가 보기로 약속했다.

　약속한 봄이 오자 조위와 채수는 여행을 갔지만, 나와 나머지 세 사람은 여행을 가지 못했다. 그것은 관청의 숙직에 얽매여서 휴가를 낼 수가 없었기 때문이었다. 그래서 나는 막걸리와 안주거리를 마련하여 서문 밖에서 그들과 전별하였다.

　두 사람이 말하길 "우리들은 다행히 살아생전에 고명한 덕을 가지신 임금을 만났고, 어질고 재주가 있는 선비들이 백성들을 교화시키는 바쁜 가운데 너그러이 용기를 북돋아 주셨으며, 또 휴가까지 주셨다"라고 하자, 나는 "당신들이 먼 유람 길을 가게 된 것은 이미 복을 누리라는 고귀함을 타고 난 것이다"라고 하였다.

---

* 이 글은 『유송도록(遊松都錄)』에는 실려있지 않으나, 『유송도록』의 내용의 이해를 돕기 위해 양희지의 문집인 『대봉집(大峰集)』에서 전재(轉載)하였다.

1) 양희지(楊熙止, 1439~1504) : 조선 전기의 문신. 본관은 중화(中和)이고, 자는 가행(可行)이며, 호는 대봉(大峰)이다. 한성부우윤을 역임했으며, 저서로 『대봉집(大峰集)』이 있다.
2) 유호인(兪好仁, 1445~1494) : 조선 성종 때의 문신, 시인. 자는 극기(克己)이고, 호는 임계(林溪)·뇌계(㵢溪). 시, 문장, 서예에 뛰어나 삼절(三絶)로 꼽혔으며, 저서로 『뇌계집(㵢溪集)』이 있다.
3) 권건(權健, 1458~1501) : 조선 전기의 문신. 본관은 안동(安東)이고, 자는 숙강(叔强)·태보(殆甫)이고, 시호는 충민(忠愍)이다. 병조참판을 지냈고, 저서에 『권충민공집(權忠敏公集)』이 있다.

무릇 고려의 고도인 개성[송도]의 명승지들은 모두 두 사람의 주머니 속의 물건이 될 것이니, 어찌 그것이 기특한 일이 아니겠는가? 비록 그러하나 유람에는 또한 유람의 도(道)가 있다. 진실로 때를 만나도 마음에 깨닫지 못하면 경치를 보며 감흥이 이는 것은 귀와 눈일 뿐이며, 한가하게 즐기는 방종(放縱)일 뿐이다.

무릇 송도는 왕 씨(王氏)가 나라를 세워 500년간 도읍한 곳이다. 지금은 드높고 장엄했던 궁궐들이 모두 무너져 잡초만 무성하지만, 아직도 남은 풍속이 있어 징험할 만한 것이 남아 있다.

이제 이 두 사람이 만월대(滿月臺)를 올라가 보고, 선죽교(善竹橋)를 지나면서 분명 배회하고 머뭇거리며, 감개하지 않을 수 없을 것이다. 그러나 세도의 흥폐와 인물의 성쇠, 가요의 좋고 나쁜 것 등 볼 만한 것과 경계할 만한 것을 하나하나 채집하여 돌아와, 훗날 임금의 질문에 대한 대답의 자세한 자료를 준비해 둔다면, 성스런 임금의 남다른 은혜에 거의 만분의 일이라도 갚는 것이며, 이는 진실로 유람의 참된 의미를 얻었다고 말할 수 있을 것이다.

다만 두 사람은 힘써 실천하라. 내가 장차 두 눈을 씻고 자세히 보는 것을 기다리겠다.

## 送曺大虛 · 蔡耆之遊松都序

楊熙止

松都 余所願遊也. 往年 特蒙賜暇讀書之命 與許獻之 · 兪克己 · 權叔強 · 曺大虛 · 蔡耆之諸君 日夜同遊處 時時語及松都 尤不禁發興 約以明春偕往. 及期 大虛 · 耆之二君則果 而吾四人則未果. 蓋以直宿之故 而無

23

休告之路也. 余以市醪野蔬 送餞于西門之外 曰"吾輩幸而生逢聖明 優遊
鼓舞於械樸化育之中 而又以暇." 曰"遠作遊賞之行 備享福緣之淸." 凡故
都瑰觀勝蹟 擧將爲二君囊橐間物 何其奇也? 雖然 遊賞亦有道焉. 苟不隨
遇而會心 觸景而興感 則耳目而已 閒漫而已. 夫松都 王氏五百年建國之所
也. 今其崇殿壯闕 鞠爲茂草 而遺風餘俗 猶有可徵者存. 今二君登臨乎滿
月之臺 經過乎善竹之橋 其必有徘徊躑躅 感慨不自已者. 而世道之興廢 人
物之盛衰 歌謠之美惡 可以觀可以戒者 ——採取歸來 以備他日淸問之對
揚 則聖朝殊遇之恩 庶幾有報於萬一. 而斯可謂眞得遊賞之實. 惟二君 行
矣勉之 余將拭目而俟之.

조선의
젊은 선비들
개성을 가다

조선의
젊은 선비들
개성을 가다

성현(成俔, 1439~1504) : 조선 전기의 문신·학자. 본관 창녕(昌寧)이고, 자 경숙(磬叔)이며, 호는 용재(慵齋)·허백당(虛白堂), 시호는 문대(文戴)이다. 1462년(세조 8년) 식년문과(式年文科)에, 1466년 발영시(拔英試)에 급제, 박사(博士)로 등용되었다. 이어 사록(司錄) 등을 거쳐 1468년(예종 원년) 예문관(藝文館) 수찬(修撰)을 지냈다.

형인 임(任)을 따라 명(明)나라에 가는 도중 기행시를 지어 『관광록(觀光錄)』을 엮었으며, 1475년 다시 한명회(韓明澮)를 따라 명나라에 다녀와서 1476년 문과중시(文科重試)에 급제, 대사간 등을 지냈다. 1485년 첨지중추부사(僉知中樞府事) 때 천추사(千秋使)로 명나라에 다녀와 형조참판 등을 거쳐, 1488년 평안도관찰사를 지내고 이어 동지중추부사(同知中樞府事) 때 사은사(謝恩使)로 명나라에 다녀와 경상도관찰사로 나갔다가 예조판서에 올랐고, 유자광(柳子光) 등과 『악학궤범(樂學軌範)』을 편찬했으며 관상감(觀象監) 등의 중요성을 역설, 격상시켰으며, 연산군이 즉위하자 공조판서로 대제학(大提學)을 겸임했다.

죽은 지 수개월 후 갑자사화(甲子士禍)가 일어나 부관참시(剖棺斬屍)당했다. 문집인 『용재총화(慵齋叢話)』는 조선 전기의 정치·사회·제도·문화를 살피는 데 중요한 자료가 되고 있다. 뒤에 신원(伸寃)되고, 청백리(淸白吏)에 녹선(錄選)되었다. 저서로 『허백당집(虛白堂集)』, 『풍아록(風雅錄)』, 『부휴자담론(浮休子談論)』, 『주의패설(奏議稗說)』, 『태평통재(太平通載)』 등 많은 저서가 있다.

채수(蔡壽, 1449~1515) : 조선 중기의 문신·중종반정 공신. 본관은 인천(仁川)이고, 자는 기지(耆之), 호는 나재(懶齋)이며, 시호는 양정(襄靖)이다.

1468년(세조 14) 생원시에 합격하고, 1469년(예종 1) 식년문과에 장원하여 사헌부감찰이 되었다. 1470년(성종 1) 예문관수찬이 된 뒤, 홍문관교리·지평

· 이조정랑 등을 역임하면서 『세조실록』·『예종실록』의 편찬에 관계하였다.

1477년 응교가 되어 임사홍(任士洪)의 비행을 탄핵했으며, 승지를 거쳐 대사헌으로 있을 때 폐비 윤씨(廢妃尹氏 : 연산군 생모)를 받들어 휼양할 것을 청하다가 왕의 노여움을 사서 벼슬에서 물러났다.

1485년 다시 서용되어 충청도관찰사가 되었다가 하정사(賀正使)·성절사(聖節使)로서 명나라에 다녀온 뒤 성균관 대사성 등을 거쳐 호조참판이 되었지만, 연산군이 왕위에 오른 이후 줄곧 외직을 구하여 무오사화를 피하였으며, 1499년(연산군 5년) 이후 예조참판·형조참판·평안도관찰사 등에 임명되었으나 병을 핑계로 나아가지 않았다.

갑자사화 때는 앞서 정희대비(貞熹大妃)가 언서(諺書)로 적은 폐비 윤씨의 죄상을 사관(史官)에게 넘겨준 것이 죄가 되어 경상도 단성으로 장배(杖配)되었다가 얼마 후 풀려났다. 1506년 중종반정이 일어나자 여기에 가담, 분의정국공신(奮義靖國功臣) 4등에 녹훈되고 인천군(仁川君)에 봉군되었다. 그 뒤 후배들과 함께 조정에 벼슬하는 것을 부끄럽게 여겨 벼슬을 버리고 경상도 함창(咸昌 : 지금의 경상북도 상주)에 쾌재정(快哉亭)을 짓고 은거하며 독서와 풍류로 여생을 보냈다. 사람됨이 총명하고 박람강기하여 천하의 서적과 산경(山經)·지지(地誌)·패관소설(稗官小說)·음악에도 조예가 깊었으며, 특히 시문에는 뛰어나 어려서부터 문예로 이름을 얻을 정도로 당대의 재사였다.

김종직(金宗直)에게 종유(從遊)하고, 특히 성현(成俔)과 교제가 깊었다. 사신으로 북경을 내왕하는 길에 요동명사(遼東名士)이던 소규(邵圭)와도 친교를 맺었으나, 당시 새로이 등장하던 사류(士類)와는 잘 화합하지 못하였다.

1703년(숙종 29) 함창의 사림에 의하여 그의 고장에 임호서원(臨湖書院)이 건립되고 표연말(表沿沫)·홍귀달(洪貴達) 등과 함께 제향되었다. 저서로 『나재집』 2권이 있다.

허침(許琛, 1444~1505) : 본관은 양천(陽川)이고, 자는 헌지(獻之)이며, 호는 이헌(頤軒)이고, 시호는 문정(文貞)이다. 조선 전기의 문신으로 『삼강행실도』를 산정(刪定)하였고, 우의정, 이어 좌의정을 역임하였으며, 학문이 깊고 문장이 뛰어났고 청백리에 녹선되었다.

**안침**(安琛, 1445~1515) : 조선 전기의 문신. 본관은 순흥(順興)이고, 자는 자진(子珍)이며, 호는 죽창(竹窓)·죽제(竹齊), 시호는 공평(恭平)이다.

　　1462년(세조 8년) 중형 선(璿)과 함께 생원·진사 양시에 합격하였으며, 1466년 왕이 강원도에 행차해 시행한 고성(高城) 별시문과(別試文科)에 2등으로 급제하여 정자(正字)·사록(司錄)·사헌부 감찰·부수찬(副修撰)·정언(正言)·이조정랑·교리(校理)·응교(應敎)·장령(掌令) 등을 거쳐, 1481년 성균관 사성이 되었다.

　　한때 임사홍(任士洪)의 간사함을 폭로하여 임금의 노여움을 사서 파직되었다. 임사홍이 물러난 뒤에 다시 등용되어 군기시정(軍器寺正)·부제학·동부승지·우승지를 역임하였다.

　　1487년 양주목사로 나갔다가 1493년 이조참의를 거쳐, 지중추부사로서 천추사(千秋使)가 되어 명나라에 다녀왔다. 이듬해인 1494년 대사성을 거쳐, 이조참판으로 부총관을 겸하였다. 이어서 동지춘추관사(同知春秋館事)가 되어 『성종실록』 편찬에 참여하였다.

　　1498년(연산군 4년) 전라도관찰사가 되었다가, 이듬해 한성부우윤·대사헌을 역임하였다. 1500년 경상도병마절도사로 나갔다가, 1502년 호조참판 겸 예문관제학이 되었다. 1506년 평안도관찰사로 있다가 중종반정으로 지중추부사가 되었으며, 1514년(중종 9년) 공조판서에 발탁되었다가 바로 병사하였다.

　　문장에 능하고, 필법은 송설체(松雪體)로서 해서에 뛰어났으며, 그의 필적으로는 광주의 〈밀성군침비(密城君琛碑)〉·〈좌찬성한계희비(左贊成韓繼禧碑)〉와 시흥의 〈월성군이철견비(月城君李鐵堅碑)〉가 있다.

**조위**(曺偉, 1454~1503) : 조선 전기의 문신. 본관은 창녕(昌寧)이고, 자는 태허(太虛), 호는 매계(梅溪)이며, 시호는 문장(文莊)이다.

　　1472년(성종 3년) 생원·진사시에 합격하고, 1474년 식년문과에 병과로 급제, 승문원정자·예문관검열을 역임하였다. 성종 때 실시한 사가독서(賜暇讀

書)에 첫 번으로 뽑혔으며, 그 뒤 홍문관의 정자·저작·박사·수찬, 사헌부지평·시강원문학·홍문관교리·응교 등을 차례로 거친 뒤, 어머니 봉양을 위해 외직을 청하여 함양군수가 되었다. 이어 의정부 검상·사헌부 장령을 거쳐 동부승지가 되었다가 도승지에 이르고, 호조참판·충청도관찰사·동지중추부사를 역임하였다.

1498년(연산군 4년)에 성절사(聖節使)로 명나라에 다녀오던 중, 무오사화가 일어나 김종직(金宗直)의 시고(詩稿)를 수찬한 장본인이라 하여 오랫동안 의주에 유배되었다가 순천으로 이배된 뒤, 그곳에서 죽었다.

김종직의 문인으로 초기 사림파의 대표적 인물이었다. 함양군수 때는 조부(租賦)를 균등하게 하기 위해 『함양지도지(咸陽地圖志)』를 만든 것으로 전하는데, 이는 김종직이 선산부사로 있을 때 『일선지도지(一善地圖志)』를 만든 것과 같은 일이다. 또, 유향소(留鄕所)의 폐단을 바로잡기 위해 향사례(鄕射禮)·향음주례(鄕飮酒禮)를 실행하자고 건의하기도 하였다.

박식하고 문장이 위려(偉麗)하여 문하에 많은 문사가 배출되었다. 유배 중에도 저술을 계속, 『매계총화』를 정리하다가 죽었다. 저서로 『매계집』이 있다.

**성세명(成世明, 1447~1510)** : 조선 전기의 문신. 본관은 창녕(昌寧)이고, 자는 여회(如晦)이며, 호는 일로당(佚老堂), 시호는 평안(平安)이다. 1475년(성종 6년) 알성문과(謁聖文科)에 병과(丙科)로 급제하여 정언(正言)·지평(持平)이 되고, 1489년 전한(典翰)으로 암행어사가 되어 경기도 일대를 순찰했다. 1493년 다시 전한을 거쳐 홍문관 부제학에 올랐고, 1495년(연산군 1년) 대사간이 되었다. 연산군이 경연(經筵)을 없애고 임사홍(任士洪)을 병조판서에 기용하자 반대했고, 병조참지(兵曹參知)·동부승지(同副承旨)를 거쳐 1498년 도승지(都承旨)·돈령부동지사(敦寧府同知使)·한성부우윤(漢城府右尹)을 지냈으며, 1502년 개성부유수(開城府留守)가 된 뒤 형조참판·대사헌·한성부좌윤 등을 역임했다. 1503년 진향사(進香使)로 명나라에 다녀온 뒤 명의 황제가 경연을 권장함을 연산군에게 진언했다가 파직되었으며, 중종 초에 천거로 다시 기용되었으나 나가지 않았다.

# 유송도록

채 수

송경(松京)은 전왕조인 고려가 도읍으로 삼은 곳이라 산수의 아름다움이 동방의 으뜸이다. 지금은 5백 년의 번화한 자취가 비록 이미 사라졌지만, 그 풍속이 아직도 남아있는 것이 있으므로, 진작부터 한번 가서 찾아보고자 하였으나, 기회를 얻지 못했다.

마침 인천(仁川) 채기지(蔡耆之)[1]·양천(陽川) 허헌지(許獻之)[2]·하산(夏山) 조태허(曹太虛)[3]가 휴가를 받아 글을 읽고 있고[4], 죽계(竹溪) 안자진(安子珍)[5]은 관무(官務)가 역시 한가하며, 창녕(昌寧) 성경숙(成磬叔)[6]이 파주(坡州)로 성묘(省墓)를 가게 되었는데, 파주에서 개성(開城)까지의 거리가 멀지 아니하므로, 드디어 함께 유람할 것을 약속하였다.

3월 14일 신사일. 성현·채수·안침이 먼저 출발하였다. 장포(長浦)의 냇가에 당도하자, 찰방(察訪)[7] 송위(宋逶)가 천막을 치고 기다리고 있었다. 우리 일

---

1) 채수(蔡壽, 1449~1515) : 본관은 인천(仁川)이고 자가 기지(耆之)이며, 호는 나재(懶齋)이고, 시호는 양정(襄靖)이다.
2) 허침(許琛, 1444~1505) : 본관은 양천(陽川)이고, 자는 헌지(獻之)이며, 호는 이헌(頤軒)이고, 시호는 문정(文貞)이다.
3) 조위(曹偉, 1454~1503) : 본관은 창녕(昌寧)이고, 자는 태허(太虛), 호는 매계(梅溪)이며, 시호는 문장(文莊)이다.
4) 조선 시대에 인재를 양성하기 위하여 젊은 문신들에게 휴가를 주어 학문에 전념하게 한 제도로, 1424년(세종 6) 집현전 학사 중에서 젊고 재주가 있는 자를 골라 관청의 공무에 종사하는 대신 집에서 학문연구에 전념하게 한 데서 비롯되었다. 1476년(성종 7) 채수(蔡壽) 등 6인에게 독서를 위한 휴가를 주었고, 1483년에는 용산의 빈 사찰을 수리하여 국왕이 독서당(讀書堂)이라는 편액을 내려 사가독서하는 장소로 쓰도록 하였다.
5) 안침(安琛, 1444~1515) : 본관은 순흥(順興). 자는 자진(子珍), 호가 죽창(竹窓)·죽계(竹溪)이다.
6) 성현(成俔, 1439~1504) : 본관은 창녕(昌寧)이고, 자는 경숙(磬叔)이며, 호는 용재(慵齋)·허백당(虛白堂)이고, 시호는 문대(文戴)이다.
7) 조선 시대에 각 도(道)의 역참을 관장하던 종6품의 외관직(外官職).

행을 맞이하여 천막 안으로 들어가 차려 놓은 음식을 먹고 술 두어 순배를 마시고 파했다. 저녁나절에 유수(留守)[8]의 별장에 투숙하였다.

3월 15일 임오일. 채수·안침이 먼저 새벽에 출발하였다. 적전(籍田)에 당도하니, 성현이 조상의 묘소에 가 먼저 전제(奠祭)를 올리고 오후에 따라 왔다. 판관(判官)[9] 정희인(鄭希仁)이 술자리를 마련하였는데, 자라를 삶고 잉어를 회친 술안주를 내어 술상이 매우 훌륭하였다. 정희인과 함께 달밤에 나와 말 위에서 연구(聯句)를 입으로 부르고, 보정문(保定門)에 들어오니, 이미 새벽 종소리가 들렸다.

3월 16일 계미일. 개성의 성안을 두루 구경하였다. 성여회(成如晦)[10]가 아우인 세원(世源)을 데리고 또 일행에 합류하였다. 처음으로 연복사(演福寺)에 도착하여 층각(層閣)에 올라 도성(都城)을 굽어보았다. 층각(層閣)의 서쪽에는 큰 비(碑)가 서 있었는데, 권양촌(權陽村)[11]이 글을 짓고, 성독곡(成獨谷)[12]이 글씨를 쓴 것이었다. 층각의 동쪽에 큰 종이 달려 있었으며, 가정(稼亭)[13]이 명(銘)을 지었다.

---

8) 조선 시대에, 서울 이외의 중요한 곳을 맡아 다스리던 정2품의 외관(外官) 벼슬. 개성·강화·광주·수원·춘천 등지에 두었다.

9) 조선 시대에는 종5품 관직으로 주로 수운(水運)을 담당하였다.

10) 성세명(成世明, 1447~1510) : 본관은 창녕(昌寧)이고, 자가 여회(如晦)이며, 호는 일로당(佚老堂), 시호는 평안(平安)이다.

11) 권근(權近, 1352~1409) : 본관이 안동이고, 자가 가원(可遠), 사숙(思叔)이며, 호가 양촌(陽村)이고 시호는 문충(文忠)이다. 고려 말·조선 초의 문신·학자로 조선 개국 후, 사병 폐지를 주장하여 왕권확립에 큰 공을 세웠다. 길창부원군에 봉해졌으며, 대사성·세자좌빈객 등을 역임하였다. 문장에 뛰어났고, 경학에 밝아 사서오경의 구결을 정하였다. 저서에는 『입학도설』, 『양촌집』, 『사서오경구결』, 『동현사략』이 있다.

12) 성석린(成石璘, 1338~1423) : 본관은 창녕(昌寧)이고, 자는 자수(自修), 호는 독곡(獨谷)이며, 시호는 문경(文景)이다. 고려 말·조선 초의 문신으로 이성계(李成桂) 등과 함께 공양왕을 내세운 공으로 찬화공신(贊化功臣)이 되고, 1401년(태종 1) 좌명공신(佐命功臣) 3등으로 창녕부원군(昌寧府院君)에 봉해진 후, 1415년 영의정이 되었다. 시문에 능하고 초서(草書)를 잘 써서 당대의 명필로 유명하였다.

13) 이곡(李穀, 1298~1351) : 본관은 한산(韓山)이고, 초명은 운백(芸白), 자가 중부(仲父)이며, 호는 가정(稼亭)이고, 시호는 문효(文孝)이다. 고려시대의 학자. 1333년 원나라 제과에 급제하였다. 원제(元帝)에게 건의하여 고려에서의 처녀 징발을 중지하게 했다. 문장과 경학의 대가로 꼽히며 저서로 『가정집(稼亭集)』이 있다.

화원(花園)에 당도하니, 화원은 이미 벌써 황폐해졌고, 다만 팔각전(八角殿)만이 높다랗게 홀로 남아있었으나 세월이 많이 흘러 반이나 퇴락해 있었다. 팔각전 뒤에 돌을 모아서 만든 가산(假山)에는 화초가 아직도 남아 있었다.

고려 신우(辛禑)가 일찍이 이 화원에서 날마다 음주가무만 일삼으며, 망령되게 요동(遼東)을 정벌할 계획을 세우고 있었다. 우리 태조(太祖)께서 회군(回軍)하여 화원을 수백 겹으로 에워싸니, 최영(崔瑩)이 분함을 이기지 못하여 문지기를 죽이고 들어갔다. 이에 이르러 나라의 안팎이 이반되자, 최영은 오합지졸(烏合之卒)의 무리로 하늘이 돕고 백성들이 순종하는 왕사(王師)를 거역하려고 하였으니, 또한 어렵지 않았겠는가?

목청전(穆淸殿)에 이르러 태조의 진영(眞影)을 뵈었는데, 목청전은 곧 태조의 구택(舊宅)이다. 성균관에 이르러 공자님을 배알하니, 오성(五聖)과 십철(十哲)을 모두 소상(塑像)으로 빚었는데, 원(元)나라 사람이 만든 것이다.

자하동(紫霞洞)을 찾아드니, 시냇물이 졸졸 흐르고 기이한 꽃들이 골짜기에 가득하며, 옛터에는 섬돌이 너무 많아 중화당(中和堂)이 어디쯤에 있었는지 알 수가 없었다. 왕륜사(王輪寺)에 이르니, 옛날에는 대찰(大刹)이었는데 지금은 오직 전(殿) 하나만 남아 있었다.

수락석(水落石)은 돌이 안화동(安和洞) 입구에 있었다. 맑은 샘물 한 줄기가 절벽구멍에서 쏟아져 나와서 아래에 작은 못을 이루어 작은 고기 수백 마리가 그 밑바닥에서 헤엄치고 있었는데, 우리 일행이 모두 함께 발을 씻고 낚싯대를 드리웠다.

오후에 소격전(昭格殿)에 도착하였다. 동구(洞口)의 수석이 매우 맑고 기이(奇異)하였다. 본궐(本闕)의 옛터에 이르니, 터가 송악(松岳)의 남록(南麓)을 인자라 그 지세(地勢)가 매우 높았다. 사람들의 말이 "처음 창건할 때에 지맥(地脈)을 상하지 않게 하기 위해 돌을 쌓아 올려 계단을 만들었다"고 한다. 그 높이가 모두 수십 척이나 되고, 주춧돌이 놓인 자리가 가로 세로로 2~3리나 되었다. 그 맨 꼭대기 언덕에 자리를 차지한 것이 건덕전(乾德殿)이다. 전문(殿門)에는 올라가는 돌계단이 선명하게 남아 있었으며, 그 아래는 위봉루(威鳳樓)라고 한다. 그 동쪽에 돌로 쌓아 제방을 만든 것은 동지(同池)라 하는데, 지금은 논이 되어 있었다. 그 남쪽의 평탄한 땅은 구정(毬庭)이라고 하는데, 푸른 소나무 만여 그루가 울창하게 하늘을 가리고 있었다. 이른바 산호(山呼)·상춘(賞春)·옥촉(玉燭) 등의 정자는 모두 찾을 수 없었다. 일행이 서로 옛일을 돌아보고 멀리 생각하며 감탄하기를 마다하지 않았다. 경력(經歷)[14] 임수경(林秀卿) 군이 술을 가지고 찾아왔기에, 건덕전(建德殿) 옛터로 올라가 송림 속에서 마셨다. 세상은 이곳을 만월대(滿月臺)라고 부른다. 풍덕훈도(豊德訓導) 구계중(具繼重) 이 거문고를 가지고 와서 회합하였다. 해가 저물어 흩어지려 하는데, 조태허(曹太虛)·허헌지(許獻之)가 서울에서 왔기에 눌러앉아 두어 순배를 더 마시고 파하였다.

3월 17일 갑신일. 새벽밥을 먹고 복령사(福靈寺)에 도착했다. 불전에 있는 16 나한(羅漢)[15]은 원(元)나라 사람이 만든 소상(塑像)으로, 정교(精巧)함이 비길 데가 없었다. 천마산(天磨山) 서쪽 등성이를 따라 북으로 돌아서 회령(檜嶺)을 넘는데, 길에서 피곤하고 목말라 견딜 수 없었다. 말에서 내려 시냇가에 앉으니, 나무 그늘이 짙고 찬물이 맑고 조촐하여 사랑스러웠다. 그래서 손을 모아 물을 받아 미숫가루를 타서 마셨다. 그로부터는 산길이 험준하여 덩굴을 부여 잡고 올라가는데, 사람이나 말이 모두 엎치락뒤치락하며 박연(朴淵)의 입구에 이르렀다. 이 골짜기는 옛날에는 숲이 우거져서 사람들이 들어가지 못했지만, 지금은 모두 베어내어 큰길이 되어 있었다.

박연은 천마·성거(聖居) 두 산 사이에 있다. 두 산은 높다랗게 서로 대치하여 칼과 창으로 꽂는 듯하여 바라보면 마치 그림과 같았으며, 산형세가 끊겨 깎아지른 듯한 절벽이 천 길 높이로 솟아 있다.

---

14) 조선 초기에 충훈부(忠勳府)·의빈부(儀賓府)·의금부(義禁府)·개성부(開城府)·오위도총부·중추부(中樞府) 등에서 행정실무를 맡아보던 종4품의 관직.
15) 아라한(阿羅漢)의 준말로 소승(小乘)의 교법(敎法)을 수행(修行)하는 성문(聲聞) 사과(四果)의 가장 윗자리.

그 위에 있는 석담(石潭)은 물이 모여 연못이 되었는데, 그 넓이는 수십 자나 되며, 모양은 괭이처럼 생겼고, 또한 물빛은 맑고 푸르러서 그 밑바닥이 훤히 드려다 보였지만, 그 깊이를 헤아릴 수 가 없었다. 연못의 한 복판에 우뚝 솟은 돌이 있는데, 수십 사람이 앉을 만 했다.

 연못의 물이 넘쳐서 폭포가 되어 절벽으로 떨어지는데, 은하수가 완연히 거꾸로 걸린 것 같았다. 구슬을 뿜고 눈을 날리어 절벽 골짜기를 들썩이니, 그 소리가 마치 성난 우레와 같아서 해괴하기도 하고 놀랍기도 하여 말로 다 표현할 수가 없었다. 기지(耆之)가 감탄하기를, "조물주가 이 경지까지 이를 줄은 몰랐다. 만약 와 보지 않았다면, 참으로 항아리 속의 초파리 신세를 면하지 못했을 것이다"라고 하였다.

 절벽에 붙어서 구부러진 소나무가 거꾸로 드리워져 있었다. 종자(從者)가 원숭이마냥 붙어서 내려다보는데 머리털이 뻣뻣하게 솟고 혼이 떨리어 가까이 가지 못하였다. 바위 위에는 구경을 온 사람들의 이름이 많이 기록되어 있었다.

 속담에 전하기를 "옛날에 박 씨(朴氏) 성을 가진 선비가 연못가에서 피리를 불다가 용녀(龍女)의 꾐에 넘어가 연못 속으로 들어가서 돌아오지 않자, 그 아내가 남편을 부르짖으며 울다가 절벽에서 몸을 던져 죽었다. 이로 인하여 위의 연못은 '박연'이라 하고, 아래는 '고모담(姑母潭)'이라고 한다"고 한다.

 고려 문종(文宗)[16]이 일찍이 바위 위에 오르니, 용이 그 바위를 흔들자, 이영간(李靈幹)[17]이 축법(祝法)을 써서 용을 채찍으로 내리치자 연못의 물이 다 붉어졌다고 한다. 이것이 곧 연못 한가운데 있는 바위이다.

 수십 보(步)를 올라가니 돌부처 두 위가 바위 구멍 안에 안치되어 있다. 동쪽에 있는 것은 '달달박박(怛怛朴朴)'[18]이고, 서쪽에 있는 것은 '노힐부득(努肹夫得)'[19]

---

16) 문종(文宗, 1019~1083) : 고려 제11대왕으로 37년(1046~1083) 동안 재위하였다.
17) 이영간(李靈幹, 1046~1063) : 고려 문종(文宗) 때 참지정사(參知政事)를 지냈다.
18) 신라 성덕왕 때의 염불승(念佛僧)으로 쉬지 않고 아미타불(阿彌陀佛)을 염하여 아미타불이 되었다고 전해진다.
19) 신라의 승려로 참선 중 관음의 화신(化身)을 만나 미륵 금상(金像)으로 변했다고 한다.

이다.

관음사(觀音寺)에 당도하였다. 이 절은 곧 우리 태조의 잠저(潛邸)[20]시절 원찰(願刹)인데 목은(牧隱)[21]이 기(記)를 지었다. 절 뒤에 굴이 있는데 깊고 넓었으며, 그 속에 석대사(石大士)가 있었기 때문에 그렇게 이름을 지은 것이다. 골짜기 안에는 수석이 특이하였지만 날이 저물어서 다 구경을 하지 못했다. 절 앞에는 여럿이 앉을 만한 반석이 있는데, 흐르는 물이 굽이쳐 흘러 바위에 부딪쳐서 소리가 요란하였다.

술을 가지고 그 위에서 주고받으며 마시면서 관솔을 피우고 연구(聯句)를 짓는데, 잠시 후 동산에 달이 떠오르자 달빛이 골짜기에 퍼지니 대낮처럼 밝았다. 태허(太虛)는 글귀를 짓는데 지쳐서 돌 위에 누워버렸고, 경숙(磬叔)은 관망을 벗고 이마를 내놓은 채 이리저리 서성였고, 헌지(獻之)는 무릎을 앉고 속으로 읊조리는데, 마치 생각하는 것 같았으며, 여회(如晦)는 술잔을 들고 계속 잔을 돌리며 마시기를 강권하고, 세원(世源)은 취하지 않아서 옷자락을 정제하고 앉아 있었다. 구공(具公)은 크게 취하여 거문고를 만지는데 기이한 자세로 제멋대로 튕기고, 기지(耆之)도 또한 거문고를 잡고 자주 켜는데 청아하여 들을 만했다. 희인(希仁)은 흥에 겨워 저도 모르게 앞으로 기어들고, 자진(子珍)도 취해서 거문고를 빼앗아 타는데, 전혀 가락에 맞지 아니하니, 구공(具公)이 말하기를, "기예(技藝)를 배우는 자는 부끄럼이 없으면 성공할 수 있으니, 그대의 거문고 솜씨는 마침내 대성하겠다"고 하자, 온 좌중이 포복절도하였다.

3월 18일 을유일. 운거사(雲居寺)에 도착했다. 서쪽 방에 달마(達磨)의 화상이 있었는데, 송(宋)나라 맹홍(孟珙)[22]이 상에 대한 찬을 지었으며, 원나라 지

---

20) 나라를 세우거나 임금의 친족에 들어와 임금이 된 사람이 임금이 되기 전에 살던 집이다.

21) 이색(李穡, 1328~1396) : 본관이 한산(韓山)이고, 자는 영숙(穎叔), 호는 목은(牧隱)이며, 시호는 문정(文靖)이다. 고려 말의 문신·학자로 삼은(三隱)의 한 사람이다. 정방의 폐지, 3년상을 제도화하고, 김구용·정몽주 등과 강론하여 성리학 발전에 공헌했으며, 저서에 『목은시고(牧隱詩藁)』, 『목은문고(牧隱文藁)』가 있다.

22) 중국 남송(南宋)의 장군으로 강릉대첩을 이끌어 몽고군의 남하를 저지하였으며, 이어 몽고에게 빼앗긴 일부의 영토를 회복하였으나 병사하여, 결국 남송은 쿠빌라이에게 멸망하게 되었다.

정(至正) 연간[23]에 쓴 것이다. 드디어 산을 끼고 걸어서 불회사(佛會寺) 입구에 당도하자, 경력(經歷) 임군(林君)이 미리 와서 기다리고 있었다. 버드나무 그늘에 자리를 잡고 앉았다가 물가 언저리에 술자리를 펼쳐놓고 꿩과 토끼를 사냥하고 작은 생선을 그물로 잡아서 실컷 마시고 돌아왔다. 저물녘에 광명사(廣明寺)에 들렀는데, 이 절은 바로 고려 태조의 옛 집터로 도선(道詵)[24]의 지장(地藏)[25]을 심던 땅이라고 한다. 절 앞에 우물이 있었는데, 사람들은 "용녀(龍女)가 노닐던 곳"이라는 말이 전해온다고 했다.

3월 19일 병술일. 아침비가 잠깐 개었기에 모두 가벼운 옷차림으로 탄현문(炭峴門)을 나서서 오관산(五冠山) 입구에 도착하였다. 푸른 절벽이 에워싸고, 돌샘이 동그랗게 패어 있으며, 철쭉꽃 그림자가 물에 거꾸로 드리운 곳이 화담(花潭)이다. 수십 보를 거닐어보니 굉장히 큰 바위가 있는데, 마치 옷 주름이 쌓인 듯이 쭈그러진 모양이라 기이하여 무어라 형언할 수 없는 것이 추암(皺巖)이다. 최 태위(崔太尉)가 눈 속에서 소를 타던 곳이다. 동쪽 봉우리에 바위가 공중에 떠서 홀로 서 있는 것이 있는데, 이름이 고암(鼓岩)이다.

영통사(靈通寺)에 당도하였다. 절이 오관산(五冠山) 아래 있는데, 골짜기가 매우 깊고 전각(殿閣)들은 높다랗게 컸다. 또 오래된 비갈(碑碣)이 있는데, 바로 문종의 아들이자 스님이었던 후(煦)[26]의 공덕비였는데, 김부식(金富軾)[27]이 글을 짓고 오언후(吳彦侯)[28]가 글씨를 썼다. 절 앞에 토교(土橋)의 유지(遺址)가

---

23) 중국 원(元)나라 순제(順帝) 때의 연호(1341~1370).

24) 도선(道詵, 827~898) : 통일신라 말기의 스님으로 풍수지리설의 대가, 그의 음양지리설과 풍수상지법(風水相地法)은 고려와 조선 시대에도 큰 영향을 주었으며, 저서에 『도선비기』가 있다.

25) 부처가 없는 세계에서 육도 중생(六道衆生)을 교화하는 일.

26) 대각국사(大覺國師, 1055~1101) : 이름은 후(煦)이고, 자는 의천(義天)이며, 시호는 대각(大覺)이다. 고려 제11대 문종(文宗)의 넷째 아들로 태어나 중국 송나라에서 유학하고 돌아와 우리나라에 처음으로 천태종을 열었으며, 흥왕사에 교장도감을 세우고 『속장경』 4,000여 권을 간행하였으며, 천태종(天台宗)의 시조가 되었다.

27) 김부식(金富軾, 1075~1151) : 본관은 경주이고, 자는 입지(立之), 호는 뇌천(雷川)이며, 시호는 문열(文烈)이다. 고려 중기의 문신·학자로 호부상서, 한림학사승지를 지냈고, 묘청 등의 서경천도 세력이 난을 일으키자 원수로서 삼군을 지휘하며 난을 제압하였다. 인종의 명령을 받아 『삼국사기』를 편찬하였다.

있다. '고려시대에 술가(術家)의 말을 믿고 지맥(地脈)을 연결시키고자 하여, 시냇물 위로 쌓아 올렸다' 한다. 서쪽에 누각이 있는데, 돌을 쌓아올려 터를 만들었다. 시냇물이 돌아 흐르고 나무 그늘이 짙게 드리워 비록 한창 더운 때라도 상쾌한 기분이 사람에게 스며들었다. 벽 위에 양촌(陽村)·진일(眞逸)·석월창(釋月窓) 등의 시가 있었다. 다시 돌아와 귀법사(歸法寺) 앞의 시내에 이르렀는데, 이 절은 광종(光宗)[29]이 창건한 절이다. 목종(穆宗)이 강조(康肇)[30]에게 핍박을 당하게 되자, 태후(太后)를 데리고 말고삐를 잡고 달려서 이곳에 와 유숙하였다.[31]

고려 중기 이후로는 문사(文士)가 유생(儒生)들을 모아 놓고, 매년 여름 과제로 시를 짓게 하고 평가하여 이름을 날리게 하였었다. 또 신우(辛禑)가 많은 기생을 데리고 와 물 가운데에서 노닐던 곳도 바로 이곳이다. 절이 폐사한 지 이미 오래되어서 부서진 기왓장과 무너진 담장 밖에 아무것도 남은 것이 없었다.

일행이 서로 함께 냇가 바위 위에 앉아서 희롱삼아 주령(酒令)을 만들어 벌(罰)을 표시한 산가지가 수북하도록 실컷 마시고 돌아왔다. 이 날에는 희인(希仁)과 구공(具公)은 따라오지 아니하였다.

3월 20일 정해일. 유수(留守) 상공(相公)을 모시고 용둔평(庸遁坪)으로 사냥 구경을 가서 물가에다 천막을 쳤다. 오후에 사냥을 마치고 내려와 각기 잡은 것을 다투어 내놓으니, 자리 앞에 가득하였다. 저녁에 태평관(太平館)으로 돌아

---

28) 고려 전기의 서예가로 구양순체를 잘 썼다고 전해진다.

29) 광종(光宗, 925~975) : 휘는 소(昭)이며, 자는 일화(日華), 시호는 대성(大成)이다. 고려 제4대 왕(재위 949~975). 태조의 넷째 아들이며 정종의 친동생으로 노비안검법과 과거제를 실시하는 등 개혁정책을 통해 많은 치적을 쌓았다.

30) 강조(康兆, ?~1010) : 고려의 무신이나 이력이 자세하지 않다. 목종 때 중추사(中樞使) 우상시(右常侍)로 서북면도순검사(西北面都巡檢使)로서 김치양의 난을 진압하여 권력을 잡았으나 거란의 침입으로 좌절되었다.

31) 고려 목종(穆宗)이 그의 모후(母后)인 천추태후(千秋太后)가 일찍이 김치양(金致陽)과 간통하여 낳은 아들에게 왕위(王位)를 계승시키려고 목종을 해치려 하자, 목종이 이를 알아차리고 자기 당숙인 대량원군(大良院君)을 후계자로 맞게 한 다음, 서북면 도순검사(西北面都巡檢使) 강조(康兆)에게 왕궁(王宮)의 호위를 명했으나, 도리어 강조에게 폐위되었으며, 충주(忠州)로 유폐되는 도중에 피살된 것을 말한다.

오자, 경력(經歷)·도사(都事)³²)·찰방(察訪)³³)이 전별(餞別) 잔치를 베풀어 주었다. 마침 악공(樂工) 몇 사람이 서울로부터 왔는데, 모두 한 시대의 명수로서 여러 가지 풍악이 맞아 울려, 악기소리가 구름을 뚫고 올라가는 듯하였다. 술이 얼큰하게 취하자 경력(經歷)이 종이를 내놓고 시를 구하기를 매우 심하게 하였으며, 운(韻)이 몹시 까다로워서 각기 한 편을 짓고 유숙하였다.

3월 21일 무자일. 승제문(承濟門)을 나와 20여 리를 걸어서 경천사(敬天寺)에 당도하였다. 절은 화재를 입어 겨우 방 한 칸만이 남아 있었다. 뜰 가운데 있는 돌탑은 반짝반짝 빛나는 모습이 마치 옥과 같았으며 높이는 13층이고, 조각한 12회상(會相)이 더할 수 없이 정교(精巧)하여 거의 인력으로 만들 수는 없다고 생각되었다.

절은 바로 원(元)나라 기황후(奇皇后)³⁴)의 원찰(願刹)로, 탑도 중국 사람이 만든 것으로 바다를 건너와 여기에 세웠다. 나라 형세가 불안한 때에도 총애하는 여인에게 현혹되어, 백성을 혹사시켜 가며, 이와 같이 쓸데없는 짓만 일삼았으니, 국운이 오래가지 못한 것이 당연하다 하겠다.

중이 소장하고 있는 보주(寶珠)와 장번(長幡)을 내보였다. 구슬은 직경(直徑)이 두어 치나 되어 광채가 사람에게 비치고, 또한 휘장(幡)도 금실로 짜서 만들었는데, 모두 당시에 기황후가 시주한 것이다. 또 탈탈승상(脫脫丞相)의 화상(畵像)을 내놓았는데, 거의 반이나 부식되어 식별할 수가 없었다.

병악(餠岳)의 남쪽에 당도하니, 행궁(行宮)의 옛터가 있었다. 곧 이곳이 이른바 장원정(長源亭)이다. 병악의 서쪽 2~3리쯤에 끊어진 언덕이 나지막하게 바다를 가로막고 있는데, 언덕 위는 평탄하여 사초(莎草)가 새파랗게 깔려있었다.

---

32) 조선 시대 충훈부(忠勳府)·오위도총부(五衛都摠府)·의빈부(儀賓府)·충익부(忠翊府)·개성부(開城府)·중추부(中樞府)의 종5품(從五品) 벼슬.

33) 조선 시대 각 도의 역참 일을 맡아보던 종6품 외직(外職) 문관의 벼슬. 공문서를 전달하거나 공무로 여행하는 사람의 편리를 도와준다.

34) 기황후(奇皇后, ?~?) : 중국 원나라 순제의 황후. 고려사람 자오의 딸로 원나라 황실의 궁녀가 되었다가 순제의 총애를 받아 황후가 되었으며, 고려에도 정치적인 영향을 미쳐 오빠인 기철을 중심으로 한 기씨 일파가 30여 년간 탐학·횡포를 자행하였다.

작은 봉우리가 동떨어져 바다를 끼고 있는 곳을 당두(堂頭)라고 하는데, 뱃사람이 신(神)에게 제사를 지내는 곳이다.

벽란강(碧瀾江)이 북으로부터 남으로 흘러 바다로 들어가는 곳은 예성강(禮成江)이고, 한수(漢水)와 낙하(洛河)가 교류(交流)하여 서쪽으로 바다에 이르는 곳은 조강(祖江)인데, 당두(當頭)가 바로 그 만나는 곳에 자리 잡고 있었다. 가깝게는 교동(喬桐)·강화(江華) 해상의 여러 섬들이 보일 듯 말듯 하고, 멀리는 연안(延安)·해주(海州)의 경계에 있는 수양산(首陽山)과 여러 산들을 또렷하게 헤아릴 수 있었다.

이날은 구름과 연기가 엷게 끼어 거울의 유리면을 씻은 듯한데, 남북의 크고 작은 배들은 바다를 뒤덮어오고, 지는 해의 햇빛에 반사되어 금물결이 넘실거리며 조망(眺望)이 활짝 열려 바라봄에 거침이 없으니, 비록 중국 군산(君山) 동정호(洞庭湖)의 장관으로도 이보다 나을 것이 없다고 생각되었다.

풍덕 군수(豊德郡守) 송숙기(宋叔琪)가 허사악(許士諤)[35]과 더불어 마중을 와서 술상을 차렸는데, 안주가 매우 풍성하여 각각 잔을 돌려 권하며 가득 부어 마시어 크게 취하였다. 저물녘에 풍덕으로 가는데, 사람을 시켜 호각을 불고 앞을 인도하게 하니 횃불이 2~3리나 뻗쳤다.

3월 22일 기축일. 경숙(磬叔)·기지(耆之)·자진(子珎)은 서울로 돌아가고, 헌지(獻之)·태허(太虛)는 주인에게 끌려서 사악(士諤)과 함께 대교(大橋)에 가서 고기 노는 것을 구경하고, 나는 일이 있어 장단(長湍)으로 향했다.

3월 23일 임진일. 서울에 돌아오니 모두 열흘이 차지 않았는데, 송경 같은 아름다운 땅을 거의 두루 구경하게 되었다. 아아! 모두 공무에 매인 몸으로 방외(方外)에 노닐 기회를 얻어 평소의 소원을 풀었으니, 어찌 우리들이 경행(慶幸)이 아니겠는가? 다만 관람에만 몰두하여 지키는 바를 상실하는 것은 옛사람의 경계하는 바이니, 우리들의 유람이 너무도 안일했던 것은 아니었는지? 그러

---

35) 허침의 자(字).

므로 지나온 노정(路程)을 기록하고, 또 우리들의 허물을 써서 스스로 고치기를 힘쓸 따름이다.


# 遊松都錄

蔡壽

松京 前朝所都也 山水奇麗 甲于東方. 五百年繁華勝迹 雖已掃地 其遺風餘俗 猶有存者 嘗欲一往探討而不得. 適仁川蔡耆之·陽川許獻之·夏山曺大虛 受暇讀書 竹溪安子珍 官亦閑 昌寧成磬叔 將榮墳于坡州 州距開城不遠 遂相與約遊.

三月十四日辛巳 磬叔·耆之·子珍先發. 至長浦川邊 察訪宋遂 張幕待之. 邀入設食 飲數巡而罷. 暮投留守別墅. 壬午 耆之·子珍 凌晨先發. 到籍田 磬叔上墳致奠 日晡隨至. 判官鄭希仁設酌. 炰鼈膾鯉 杯盤甚盛. 與希仁乘月而出 馬上口占聯句 入保定門 已聞鍾聲. 癸未 周覽城中. 成如晦與弟世源亦來從. 初到演福寺 登層閣 俯瞰都城. 閣西樹大碑 陽村所製 而獨谷所書. 閣東懸大鍾 稼亭所銘. 至花園 園已荒廢 唯入角殿巋然獨存 年久半摧. 殿後聚石爲假山 花卉猶在. 高麗辛禑 常在此園 日事沈湎 而妄爲攻遼之計. 及我太祖回軍 圍園數百重 崔瑩不勝其憤 殺門者而入. 當此時 內外離叛 瑩以烏合市井之卒 欲拒天人助順之師 不亦難哉. 至穆淸殿 謁御容殿卽太祖舊宅也. 至成均館謁聖 五聖十哲 皆土塑 元人所造也. 過紫霞洞 溪水潺湲 奇花滿洞 而多石砌古基 不知中和堂在何許也. 至王輪寺 寺昔爲大刹 今獨一殿在. 水落石 石在安和洞口. 淸泉一派 瀉出崖竇 其下成小泓 小魚數百 游泳其底 相與濯足垂竿. 日晡 到昭格殿. 洞口泉石甚淸奇. 至本闕古基 基因松嶽南麓 厥勢甚高. 人言 '初創時 不欲傷地脈 故累石爲階' 高皆數十尺 礎砌縱橫數里. 其最據岡上者曰乾德殿. 殿門陛級儼然. 其下曰

40

威鳳樓. 其東甃石爲隄者曰東池 今爲稻畦. 其南平衍之地曰毬庭 蒼松萬株薈蔚攙天. 所謂山呼·賞春·玉燭等亭 皆不可尋. 相與弔古遐思 感嘆不已. 經歷林君秀卿 携酒尋至 登乾德殿古址 飮于松間. 俗號滿月臺. 豐德訓導具繼重 携琴來會 日晩將散 大虛 獻之 自京而到 留飮數杯而罷. 甲申 蓐食 至福靈寺. 佛殿有十六羅漢 迺元人所塑 精巧無比. 遵天磨西麓 迤北踰檜嶺 路上不堪困暍 下馬坐溪曲 樹陰扶疏 寒流淨澈可愛. 舀水漬乾餱而飮. 自此山蹊險巇 攀緣而升. 人馬顚躓 到朴淵洞口. 洞自昔蒙翳 人不得入 今皆芟剃 遂成大路. 淵在天磨·聖居兩山之間. 兩山崒嵂對峙 攢如劍戟 望若畫圖 山斷勢阻 峭壁陟絶 削立千仞. 上有石潭 瀦而爲淵 廣可數十尺 狀如鐵鑊. 水色澄碧 其深不測 而可鑑其底. 當心有石突起 可坐數十人. 潭水溢爲瀑布 落于絶壁 宛若銀潢倒掛. 噴珠散雪 喧豗岩洞 聲如怒霆 可怪可愕 不可殫說. 耆之嘆曰 "不知造物之至此也. 若不來觀 眞瓮中之醯鷄耳" 緣崖有虯松倒乘. 從者猿附下窺 髮竪魂悸不可近. 石上多志遊人姓名. 諺傳 '昔有朴姓儒 吹笛淵上 爲龍女所誘 入潭不返 其妻號泣 投崖而死. 故上曰朴淵 下曰姑母潭.' 高麗文宗 嘗登石上 龍振其石 李靈幹以祝法鞭龍 淵水盡赤 此卽潭心石也. 上數十步 有石佛二軀坐巖竇 東曰怛怛朴朴 西曰努盻夫得. 至觀音窟寺. 卽我太祖潛邸時願刹 而牧隱作記. 寺後有窟深廣 中有石大士 故名之. 谷中泉石奇絶 而因日晩 不得遍遊. 寺前有盤石可坐 流水沿回而觸石有聲. 遂携酒酬酢其上 燃松明 寫聯句 俄而東峯月上 光輝散林壑 照耀如晝. 大虛困於索句 橫臥石上 磬叔脫巾露頂 散步彷徨 獻之抱膝沈吟 若有所思 如晦持觴導飮不已 世源不醉 整襟而坐. 具公大醉撫琴 奇態橫發 耆之亦操數弄 清雅可聽. 希仁不覺前膝 子珍亦醉 取琴而彈 頗不中節調. 具公曰 "凡學藝者 唯無恥則可成 君之琴 終大成矣." 一坐絶倒. 乙酉 至雲居寺. 西室有達磨畫像 宋孟琪作贊 而元至正間所書也. 遂傍山而行 至佛會寺洞口. 經歷林君 已來候矣. 坐柳陰 臨流設酌 獵雉兎 網小鱗 劇飮而還. 暮過廣明寺 寺乃高麗太祖故居 道詵所謂種穄之地. 寺前有井

人傳龍女所遊處也. 丙戌 朝雨乍晴 俱輕裝短服 出炭峴門 至五冠山洞口.
翠崖環擁 石泉瀠洄 而躑躅倒影於水者曰花潭. 行數十步 有巖屭屓 皺如襞
積 奇詭不可狀者曰皺巖. 崔大尉雪中騎牛處也. 東峯有石浮空獨立曰鼓
巖. 至靈通寺 寺在五冠山下 洞府深邃 殿宇宏敞. 有古碣 乃文宗子釋煦功
德碑也. 金富軾所製 而吳彥侯所書. 寺前有土橋遺址. 高麗時 崇信術家言
欲連地脈 故跨澗築之也. 西偏有樓 累石爲基 溪流縈廻 樹陰翳翳 雖盛暑
爽氣襲人. 壁上有陽村, 眞逸, 釋月窓等詩. 還至歸法寺前溪. 寺乃光宗
所創. 穆宗爲康肇所逼 奉太后執鞚而行 出宿于此. 中葉以後 文士聚儒生
每校夏課 賦詩唱名. 又辛禑携群妓 來遊水中 皆此地也. 寺廢已久 壞瓦頹
垣 無復存者. 相與坐川邊石上 戲作酒令 罰籌交錯 痛飲而還. 是日 希仁,
具公不從. 丁亥 陪留守相公 觀獵于龍遁坪 臨流張幕. 今後 合圍而下 爭獻
所獲 狼藉於前. 暮還太平館 經歷都事與察訪 設宴以餞. 適有樂工數人自
京而來 皆一時妙手. 衆樂寥亮鏗訇 響徹雲霄. 酒酣 經歷出牋索詩甚苦 各
賦一篇以留. 戊子 出承濟門 行二十餘里 至敬天寺 寺經火 但存一室. 庭中
有石塔 光瑩如玉 高十三層 雕刻十二會相 窮極精巧殆非人力所造. 寺乃元
奇皇后願刹 而塔亦中國人所作 渡海來建于此. 當國步艱机之日 惑於內寵
勞民力 以事無用如此 元祚之不長宜矣. 僧出所藏寶珠長幡以示之 珠徑數
寸 光艷照人 幡亦織金爲之 皆當時奇后所施者也. 又出脫脫丞相畫像 半已
脫落 不可辨識. 至餠岳南 有行宮故基 卽所謂長源亭. 岳西數里 斷隴低枕
海曲 其上平衍 晴莎淨綠. 有小峯斗絕控海曰堂頭 舟人賽神之所也. 碧瀾
江 自北南入于海 曰禮成江. 漢水·洛河交流而西注于海 曰祖江. 堂頭正
據其衝. 近則喬桐·江華海上諸島 庚橫出沒 遠則延安 海州之境首陽諸山
歷歷可數. 是日 雲煙淡抹 鏡面如拭 南北檣帆 蔽海而來. 落日倒射 金濤滉
瀁 眼界敞豁 一望無礙 雖君山洞庭之壯觀 想不能過也. 豐德郡守宋叔琪與
許士諤 來迓設食 肴饌甚豐 各傳觴相勸 引滿大醉. 及暝 向豐德 令人吹笳
角前導 火城連亘數里. 己丑 磬叔·者之·子珍 發還京城 獻之·太虛 爲

主人所挽 與士諤觀漁于大橋 以事向長湍. 壬辰 還京 首尾不滿十日 而松京佳勝之地 足迹殆將遍焉. 噫! 俱以繩墨之身 而得爲方外之遊 以償夙昔之願 豈非吾儕之幸耶?但以役於觀覽而喪其所守 則古人所戒 吾儕之遊 無已太康耶. 因紀所歷 且志吾輩之過 以自勖耳

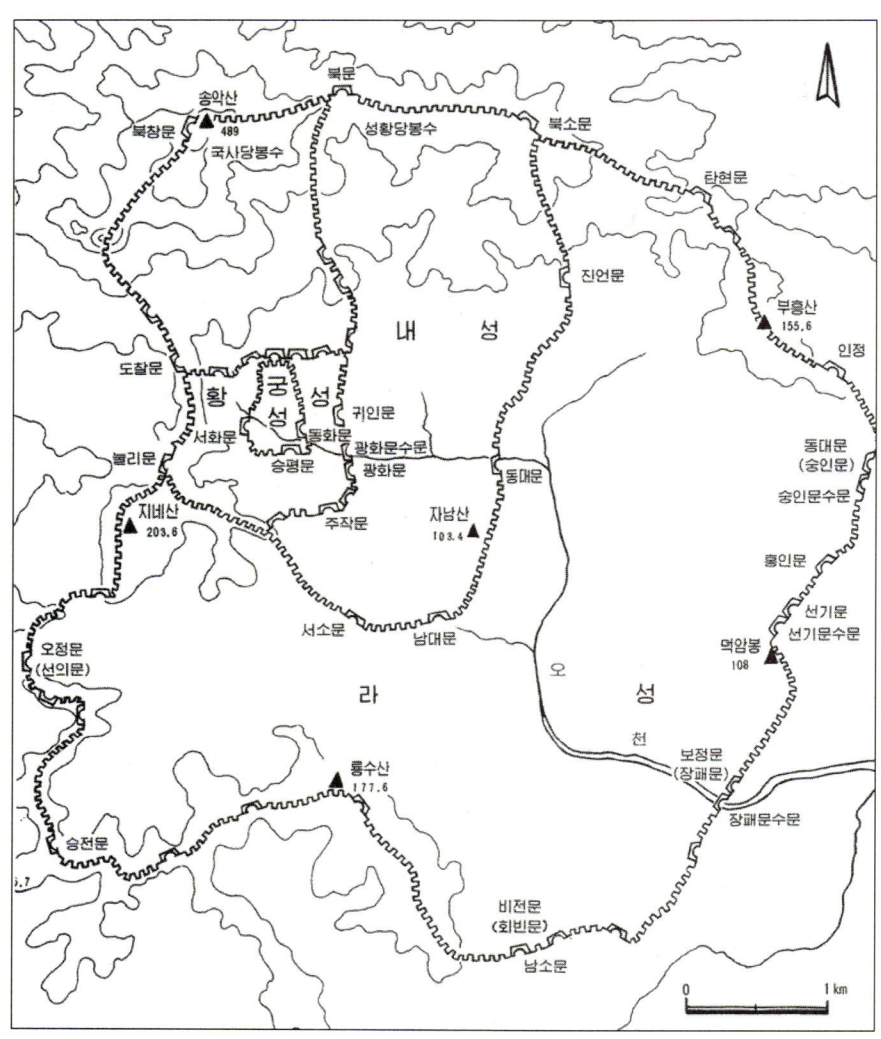

북문
송악산
489
성황당봉수
북소문
북창문
탄현문
국사당봉수
부흥산
155.6
인정
진언문
내　성
동대문
(숭인문)
도찰문
황　궁성성
성
귀인문
숭인문수문
서화문
동화문
광화문수문
불리문
승평문
광화문
홍인문
지비산
동문
선기문
203.6
선기문수문
주작문
자남산
103.4
먹암봉
108
서소문
남대문
오정문
(선의문)
오　성
천
라　성
보정문
(장패문)
룡수산
177.6
장패문수문
승전문
5.7
비전문
(회빈문)
0            1 km
남소문

개성성 평면도

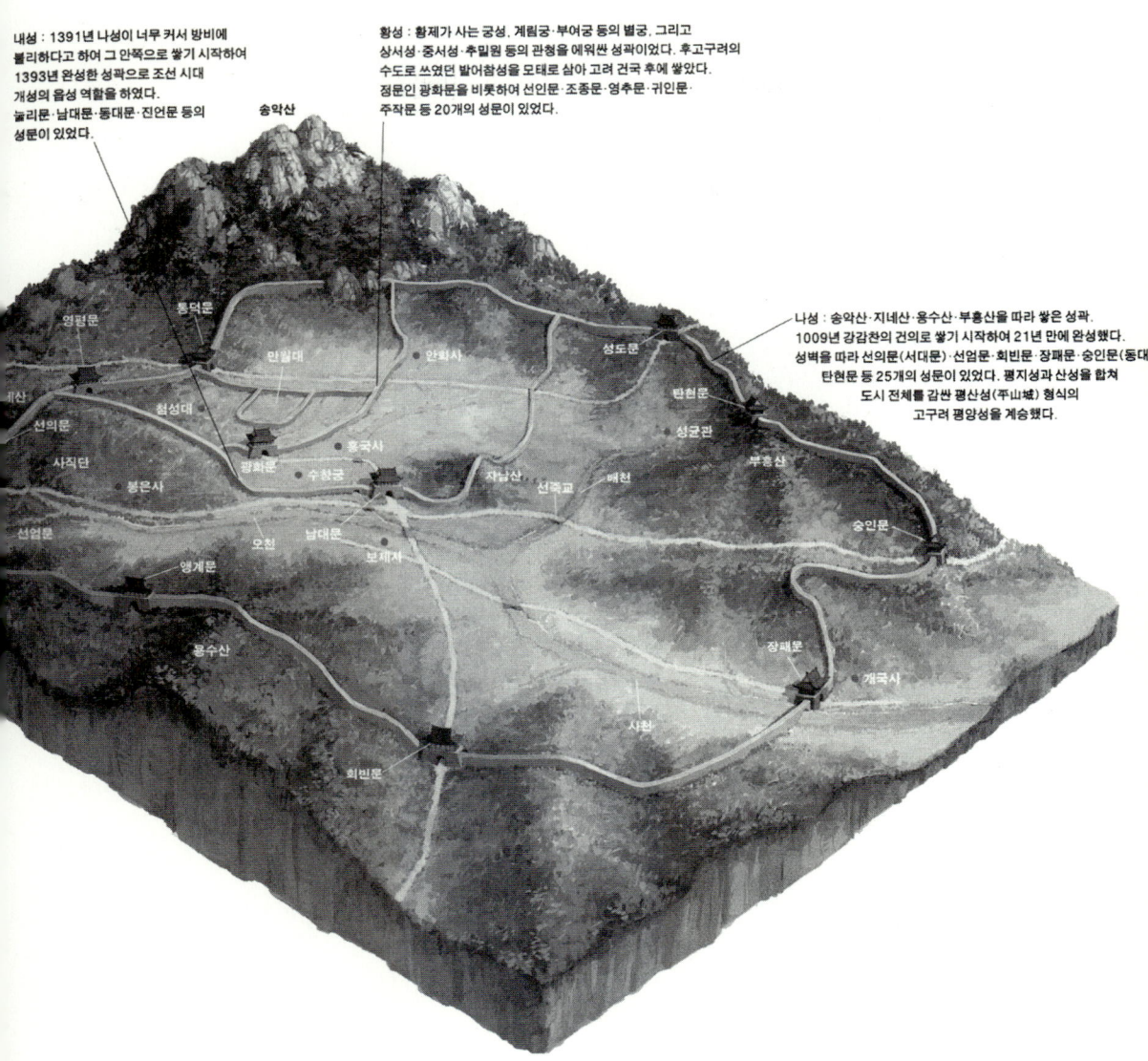

내성 : 1391년 나성이 너무 커서 방비에
불리하다고 하여 그 안쪽으로 쌓기 시작하여
1393년 완성한 성곽으로 조선 시대
개성의 읍성 역할을 하였다.
눌리문·남대문·동대문·진언문 등의
성문이 있었다.

황성 : 황제가 사는 궁성, 계림궁·부어궁 등의 별궁, 그리고
상서성·중서성·추밀원 등의 관청을 에워싼 성곽이었다. 후고구려의
수도로 쓰였던 발어참성을 모태로 삼아 고려 건국 후에 쌓았다.
정문인 광화문을 비롯하여 선인문·조종문·영추문·귀인문·
주작문 등 20개의 성문이 있었다.

나성 : 송악산·지네산·용수산·부흥산을 따라 쌓은 성곽.
1009년 강감찬의 건의로 쌓기 시작하여 21년 만에 완성했다.
성벽을 따라 선인문(서대문)·선엄문·회빈문·장패문·숭인문(동대문)·
탄현문 등 25개의 성문이 있었다. 평지성과 산성을 합쳐
도시 전체를 감싼 평산성(平山城) 형식의
고구려 평양성을 계승했다.

송악산

영평문
통덕문
만월대
안화사
성도문
탄현문
김산
형성대
선의문
성균관
사직단
봉은사
광화문
흥국사
수창궁
자남산
선죽교
배천
부흥산
선엄문
오천
남대문
숭인문
앵계문
보제사
용수산
장패문
개국사
희빈로
사천

개성성곽시뮬레이션

46

상 ▶ 오두산에서 바라본 임진강과 송악산
하 ▶ 강세황 작 송도기행첩(姜世晃筆松都紀行帖) 중 개경 시가지 모습

47

상 ▶ 경기도 개성시 북안동 소재, 개성남대문
하 ▶ 경기도 개성시 운학동에 있는 태조 이성계(李成桂)의 옛 집인 목청전

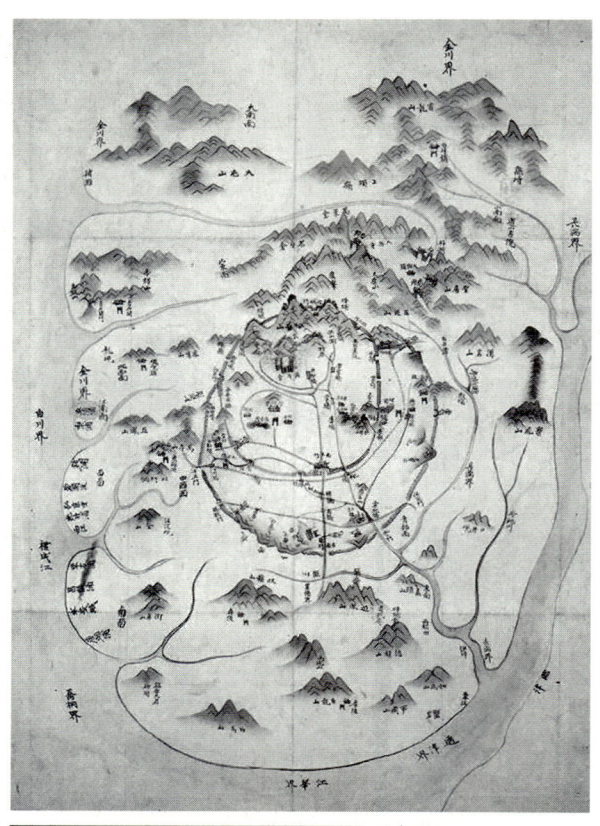

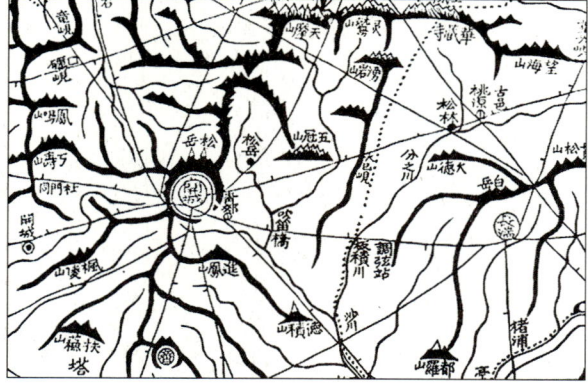

상 ▸ 1872년 지방지도 개성전도
하 ▸ 대동여지도 개성

상 ▶ 연복사종(演福寺鐘). 개성 남대문루에 있는 고려시대의 범종.
하 ▶ 연복사종 용두

# 파주가는 길

坡州途中 - 성현

말에서 내려 장포 물가로 내려가니
동풍 부는 2월, 따스한 봄날이라
금빛 물결은 나그네의 얼굴을 불콰하게 만들고
옥빛 실버들은 시냇물보다 더욱 선명하다.
마을에선 저녁 짓는 연기가 피어오르고
산마루엔 서쪽으로 지는 해가 걸려있다.
해질녘에 파주 고향집에 들어서니
어린 자식 놈이 대문 밖에서 나를 기다린다.


下馬臨長浦　　東風二月天
金波釀客面　　玉縷割溪鮮
村晚炊烟起　　山高落日懸
黃昏投古舍　　稚子候門前

# 임진

臨津 – 조위


강에 봄이 드니
강물은 쪽빛처럼 맑고
강나루 모래톱은
모두 썰물에 씻겨 나갔다.
깊은 곳엔 어룡이[1]
얕은 곳엔 다슬기가 살고
햇빛에 반짝이는 만 이랑의 물결은
청동 그릇에 담긴 듯 푸르다.

물가의 오래된 나무는
짙푸른 안개에 희미한데
산닭이 날아오르자
꽃잎이 사방으로 흩날린다.
닻줄로 강가의 암굴을
천천히 끌어당기며
노를 젓는 사공은
날아오르는 포말에 옷이 젖는다.

평생토록 꿈속에서조차
물가를 사랑하였는데
오늘은
원상(沅湘)[2]의 남쪽에 와 있는 듯

1) 바다에 사는 동물로 외형은 물고기이나 네 발로 헤엄을 치는 동물.
2) 중국 하남성에 있는 원수(沅水)와 상수(湘水)를 일컫는 말로, 전국시대의 초(楚)나라
   시인인 굴원(屈原)이 관직에서 쫓겨난 후 오랫동안 유랑하며 머물었던 곳이다.

막걸리 한 잔에
뱃전을 두드리며 길게 읊조리고
눈앞의 맑은 흥취는
오묘한 이치를 초월한다.
먼 나들이에
몇 년의 농사를 망치었지만
강을 건너고
또 다시 말을 몰아 떠난다.

春江淥漲浮晴藍　　沙洲盡爲潮所貪
深有魚龍淺螺蚶　　光搖萬頃靑銅涵

磯頭老樹隱翠嵐　　山鷄飛起花毿毿
艄纜徐牽傍嵌巖　　櫓牙飛沫濺征衫

平生夢想愛江潭　　今日似在沅湘南
扣船長嘯倚微酣　　剗地淸興超玄堪
遠遊幾歲負耕蠶　　涉江且復驅征驂3)

3) 조위(曺偉)의 문집인 『매계집(梅溪集)』에는 '征驂'이라 되어 있고 夾註로 '羸驂'으로 표
기되어 있다.

# 임진

## 臨津 - 허침

평생에 한 번 경치 좋은 곳을 만나
오래도록 머문다.
이는 육신을 위한 것이 아니고
다만 눈만을 위하는 것.
몇 번이나 구름 따라 걸으며
뱃사공을 불렀던가?
분명 알리라.
여행길은 당연히 봄나들이라고
지나는 마을마다 안개 걷히자
산들은 시샘하듯 닿아서고
강기슭엔 조수가 잔잔하게
물은 거슬러 흘러간다.
이곳에 가면
분명 속이는 일도 다 사라지니
또 다시 갈매기들이
저절로 쪽배로 닿아온다.

一逢佳處久淹留　　不爲身謀只眼謀
幾欲踏雲呼野渡　　信知行路當春遊
村村霧罷山爭立　　岸岸潮平水逆流
此去定應機事盡　　白鷗還自近輕舟

## 적전을 출발하여 달밤에 개성에 들어서며

自籍田 乘月入開城 - 성현

밭두둑 패인 곳엔
물이 졸졸졸 흐르고
헤진 울타리 사이로
푸른 나무가 듬성듬성 서있다.
얼큰히 취해 돌아오는 길
달은 산마루에 떠오르고
나그네 말안장엔
온통 들꽃의 성긴 그림자뿐.

田疇斷處水潺湲　　籬落參差綠樹間
半醉歸來山月上　　野花疏影滿征鞍

54

# 연복사 층각에 오르며

登演福寺層閣 - 성현

금벽은 저녁노을에
번쩍번쩍 빛나고
오층 누각은
오똑하게 드높구나.
사다리를 돌아 오르면
하늘 꼭대기에 오른 듯
온종일 소란스럽던 새들도
발밑에서 날아다닌다.
마을마다 봄이 깊어가자
붉게 핀 꽃들도 반쯤 시들고
사방의 산에 구름이 걷히자
푸른빛으로 연이어졌다.
오층 꼭대기에 올라도
천년의 한을 다 삭힐 수는 없지만
한 줄기 맑은 바람이
나그네의 옷자락을 치켜 올린다.

金碧煌煌耀夕輝　　五層樓閣聳巍巍
回梯若向天心上　　駭鳥常從脚底飛
萬落春深紅半皺1)　　四山雲捲翠相依2)
登高不盡千年恨3)　　一陣清風拂客衣4)

1) 성현(成俔)의 문집인 『허백정집(虛白亭集)』에는 '皺' 대신 '墜'로 표기되어 있다.
2) 성현의 문집인 『허백정집』에는 '依' 대신 '圍'로 표기되어 있다.
3) 성현의 문집인 『허백정집』에는 '憑欄不盡千愁恨'으로 표기되어 있다.
4) 성현의 문집인 『허백정집』에는 '都邑繁華久已非'로 표기되어 있다.

# 연복사 층각에 오르며

登演福寺層閣 - 채수

천지의 기운이 꺾이고 나뉘어져
고려의 왕기王氣도 다하고
수많은 집들은 모두 사라지고
오직 무너진 절터만 남아있다.
색칠한 담장엔 꽃장식도 떨어져 나가고
봄풀도 모두 시들었는데
목탑만 하늘 높이 오똑하게
저녁바람 속에 서 있다.
인걸人傑은 간데없고
절터에 자란 피서리만 슬픔을 자아낸다.
스님도 없으니
어떻게 원통무애圓通無碍를 징험할까?
인생 백 년의 흥폐도
허다한 말로는 설명할 수 없어
머리를 돌리니
청산엔 낙조만 붉게 물들고 있구나.

地析天分王氣終　　惟餘廢寺萬家中
粉墻剝落頹春草　　木塔崢嶸倚晚風
迹息無人悲黍稷　　僧殘何客證圓通
百年興廢無多說　　回首靑山落照紅

# 연복사 층각에 오르며

登演福寺層閣 - 허침

누각 속 사다리를 쉬지 않고 오르는데
갑자기 밖에서 언뜻 우레가 치는 듯
비로소 하늘 밖으로 나오니
사방은 한 점 막힘없이 탁 트였다.
세속의 시끄러움에 싫증이 나서
절집을 찾아왔노라
가만히 앉아서 바라보니
원기元氣는 떠있는 먼지와 뒤섞여 있다.
산으로 에워 쌓인 옛 서울엔
무너진 성만 남아있고
봄을 뒤쫓아 부는 동풍에
이슬비만 소리 없이 내린다.
시력이 멀리 보일 때엔
근심 또한 멀어지는 것.
서둘러 주어 담아서
금술동이에 붙여야 하리.

幽梯殷殷乍驚雷　始出空明一點開
厭聽塵喧通紺宇　坐看元氣混浮埃
山圍舊國荒城在　春逐東風細雨來
目力遠時愁更遠　急須扠拾付金罍

# 연복사 층각에 오르며

登演福寺層閣 – 조위


나라가 망한 뒤라

절간도 쓸쓸하게 퇴락하고

여기저기 흩어져 있는 전각들

보이는 것마다 허전하다.

해가 지자

예불을 알리는 종소리가 마을까지 들리고

봄이 왔건만

아직도 시든 풀이 마당가를 덮고 있다.

회오리바람이 불자

옥진玉塵은 천화天花가 되어 내리고<sup>1)</sup>

먼지 쌓인 보석 상자에는

불경서만 들어 있다.

어리석은 중들은

많은 서적을 사들였지만

정중定中<sup>2)</sup>과 진여眞如<sup>3)</sup>를

누가 바로 깨달았겠는가?

梵宮寥落廢興餘　　快閣東西望眼虛
日暮齋鍾聞聚落　　春來荒草沒庭除
風飄玉塵天花雨　　塵積琅函貝葉書
貿貿居僧多市籍　　定中誰是悟眞如


1) 옥진(玉塵)은 아름다운 티끌이라는 뜻으로, '눈'을 달리 이르는 말이며, 천화(天花)는 하늘에서 내리는 꽃이라는 뜻으로, '눈'을 달리 이르는 말이다.
2) 깨달음을 얻어 사물의 유혹으로부터 흔들리지 않는 평정심.
3) 우주 만유(萬有)의 실체(實體)로서, 현실적이며 평등(平等) 무차별(無差別)한 절대의 진리.

# 연복사 층각에 오르며

登演福寺層閣 - 안침


한 번 높다란 누각에 올라

저녁노을을 바라보니

하늘 높이 솟은 모습

참으로 드높구나.

바람 앞에 풍령風鈴들이

서로 말을 주고받는 듯 속삭이며

구름 밖에 있는 나의 심신은

하늘 향해 곧장 날아갈 듯

청산에 에워 쌓인 황성荒城에

부질없이 꼿꼿하게 서있으며

연기 오르는 황량한 마을

저물도록 눈을 뗄 수가 없구나.

더구나 해마다 올라와

한탄하는 자가 있으리니

옥수후정화[1]도 시들해졌고

예상우의곡[2]도 끝났도다.


| | |
|---|---|
| 一上層樓對落暉 | 半天高出勢峩巍 |
| 風前鈴鐸如相語 | 雲外心身直欲飛 |
| 山擁荒城空立立 | 烟生墟里晚依依 |
| 當時剩有登臨恨 | 玉樹歌殘罷羽衣 |


1) 중국 남북조시대 진(陳)나라 마지막 임금인 후주(後周)가 총애하던 총희(寵姬) 진려화 (陳麗華)가 불렀다는 망국의 노래로 내용은 다음과 같다.
화려한 집 꽃 숲은 높은 누각을 마주하고 / 새로 단장한 요염한 자태는 성을 기우린다. 창문에 아롱져 엉긴 교태에 짐짓 움직이지 않으니 / 휘장을 나와 머금은 교태를 흘리며 맞이하네. 요염한 여인의 뺨은 꽃이 이슬을 머금은 듯 / 옥수에 흐르는 빛이 후원을 비춘다. (麗宇芳林對高閣 / 新粧艷質本傾城. 映戶凝嬌乍不進 / 出帷含態送相迎. 妖姬瞼 似花含露 / 玉樹流光照後庭.)
2) 당(唐)나라 현종(玄宗)이 꿈에 본 달 속의 선녀들의 모습을 상상하여 만들었다는 춤인 예상 우의무(霓裳羽衣舞)를 추기 위한 악곡이다. 예상우의무를 출 때 입었던 춤옷은 희고 긴 비단으로 만들어졌고, 양귀비(楊貴妃)가 잘 추었다고 하며, 후에 망국의 노래를 의미한다.

# 화원

花園 – 안침

쓸쓸하게 퇴락한 화원에
춘삼월 초순 봄바람이 분다.
온 마을은 병화兵火가 지나간 뒤라
모조리 타버리고 돌담만 남아 있다.
무너진 궁궐엔 세 개의 기둥만 남아있고
헐려진 정자엔 팔각의 초석만 놓여있다.
천심天心이 한 사람의 덕으로 돌아갔으니
이젠 패망한 유허지에서 조상弔喪할 필요가 없다오.

牢落花園裏　　春風三月初
閭閻兵火後　　城郭刦灰餘
殿廢三楹在　　亭殘八角虛
天心歸一德　　不必弔遺墟

# 화원

花園 - 채수

뒤틀어 벌려진 기왓골은
푸른 이끼로 메워져있고
화원 깊은 곳으로
길들이 연이어져 있다.
후원의 노랫소리에
바야흐로 음락淫樂에 빠졌는데
남산의 갑옷 입은 기병들이
간흉奸凶들을 없앴다.
천고의 괴이한 돌들은
다북쑥 무더기 속에 가려져 있고
봄 늦게 숨어 핀 꽃들은
꿀벌의 차지가 되었다.
유독 오吳나라 궁궐에서만
지난 일로 슬퍼하겠는가?
애오라지 후인後人들이
다시 유허지를 찾아 조상한다.

參差瓦縫碧苔封　　院苑深深複道重
後殿笙歌方取樂　　南山甲騎爲除凶
年深怪石依荒薺　　春晚幽花屬蜜蜂
不獨吳宮悲往事　　後人聊復弔遺蹤

# 화원

花園 - 성현

풍판교 끝머리
한 두렁의 꽃동산
고려 때 지은 팔각전만
덩그렇게 남아있다.
온갖 꽃들은 다 시들었는데
민가들만 오밀조밀하게 모여 있고
수많은 돌로 쌓아 만든 언덕엔
갈까마귀만 시끄럽게 운다.
옛날부터 안일安逸에 빠진 왕들은
흔히 나라를 잃었는데
지금 이곳을 지나는 나그네도
암울하게 넋을 잃는다.
무정하게도
뜰 앞엔 시든 풀만 남아있고
해마다 빗방울이
담장 위를 낮추는구나.

楓板橋頭一畝園　　當時八角殿空存
百叢花盡閭閻密　　萬石岡堆鳥雀喧
自古逸王多喪國　　至今行客暗銷魂
無情獨有庭前草　　乘雨年年上毀坦

# 화원

花園 – 조위


마디충<sup>1)</sup>은 무슨 벌레이기에
조정을 더럽히고
빈둥거리며
자주 이곳에 와 놀았나?
반평생을 음란한 짓만 하였으니
어찌 천명<sup>天命</sup>인들 알았겠으며
죽기로 발광하였으니
백성인들 두려워했겠는가?
산더미 같은 괴이한 돌들은
부질없이 쌓여있고
온갖 기이한 꽃들은
군락을 이뤄 요염함을 다툰다.
송경의 남쪽 기슭이
병란의 먼지 자욱한 이래로
쓸쓸한 행궁에는
예전 같은 봄은 다시 오지 않는다.


何物螟蛉忝紫宸　等閒來此樂遊頻
半生淫酗寧知命　抵死昏狂肯畏民
怪石如山空磊砢　奇花作陣鬪妖新
自從南岳兵塵暗　寥落行宮不復春


1) 식물의 줄기 속을 파먹는 곤충의 총칭으로 명충, 또는 이화명충이라고 한다. 마디충은
고려의 우왕(禑王, 1365~1389)을 상징한다. 그는 공민왕(恭愍王)과 신돈(辛旽)의 시녀
인 반야(般若)의 소생으로 10세에 이인임(李仁任)에 의해 왕으로 추대된 후, 처음에는
경연(經筵)을 열어 학문을 닦기에 힘썼고, 명덕태후의 훈계를 받아 몸가짐을 바르게
하여 신임을 받았으나, 명덕태후가 죽은 다음 사냥·음주가무·엽색 등 방탕에 빠져
백성들의 신망을 잃었다. 이 화원은 바로 우왕이 음주가무와 엽색을 일삼던 장소였다.

# 화원

花園 - 허침

피 흘려 싸워도 이기지 못하면
또한 저절로 화가 나는데
마침내 전쟁의 기운이
후원을 감쌌다.
모여든 수레로는
길을 다 막을 수 없는 것
긴 창 비껴들고
부질없이 사람들만 죽였다.[1]
천운을 다한 군신들
다함께 눈물 훔치는데
불길하게도 천지가
몸뚱이 하나도 용납되지 않았다.
황급히 화려한 꿈에서
깨어나니
무너진 화원엔
시들은 꽃만 남은 적막한 봄이구나.

血射無成便自嗔　　到頭兵氣繞鉤陳
聚車未必能遮道　　橫槊空勞枉殺人
運去君臣同掩涕　　惡浮天地不容身
蒼皇一罷繁華夢　　廢苑殘花寂寞春

[1] 고려 우왕 때에 명나라가 철령위(鐵嶺衛)의 설치를 통고하고, 북변(北邊) 일대를 요동(遼東)에 귀속시키려 하자, 최영 장군이 요동정벌을 계획하고 군사를 조발(調發)하여 팔도도통사(八道都統使)에 취임한 다음, 왕과 함께 평양(平壤)에 가서 군사를 독려했으나, 이성계 등이 위화도(威化島)에서 회군(回軍)함으로써 요동 정벌이 좌절되었다. 이어 이성계의 군대가 개경(開京)에 들어와서 우왕이 음주가무를 하고 있던 화원을 포위하자, 최영은 소수의 군사로 이를 맞아 싸웠으며, 화원으로 들어가기 위해 문지기를 죽인 것을 말한다.

## 화원

花園 - 성세명


지금은 옛 일이 슬프고
훗날엔 오늘이 슬프겠구나.
누가 즐거운 쾌락을
뒤집혀진 수레 흔적에서 찾을 줄 알았겠나?
그 당시 번화한 화원은
비로 쓸어낸 듯 깨끗이 사라지고
수많은 냉이 꽃만
담 그늘 아래 피어있다.


在今悲古復悲今　　宴樂誰知覆轍尋
當日繁華掃地盡　　薺花無數滿墻陰

# 목청전

穆淸殿 – 안침

공손히 굳게 닫힌 목청전 문을 여니
우리 태조의 어진御眞이 아직도 남아있네.
중동重瞳1)은 순임금의 눈을 바라보는 듯하고
팔채八彩2)는 요임의 눈썹을 바라보는 듯하네.
성스런 덕은 하늘과 같이 크고
융성한 공은 태양이 바로 비추는 듯하네.
마치 넉넉히 만족함을 얻은 듯
머리 조아리며 떠날 줄 모른다.


穆穆開深殿　　傳眞尚此遺
重瞳瞻舜目　　八彩見堯眉
盛德天同大　　隆功日正垂
充然如有得　　稽首不知渡

66

1) 겹으로 된 눈동자. 중국의 순(舜)임금이 겹으로 된 눈동자를 가지고 있었으므로 훌륭한
   임금을 의미한다. 후대에 와서 '황제'를 지칭하는 말이 되었다.
2) 『회남자(淮南子)·수무편(脩務篇)』에 의하면, 중국의 요(堯)임금은 태어나면서부터 눈
   썹에서 8가지의 빛이 났다고 한다. 그래서 후대에 요임금과 같은 성스러운 제왕을 지칭
   한다.

# 목청전 1

穆清殿 ─ ─ 성현

풍패豐沛 땅1)엔 상서로운 구름 하늘과 땅에 가득하고
덕화德化된 사람이 나라의 큰 기틀을 세웠다.
솔 그늘과 무성한 풀들이 목청전을 감싸고 있는데
넓은 이마는 밝게 아름다운 미간을 비춘다.
세대도 멀어지고 근본도 갈리어 여러 세대가 지나갔고
봄이 깊어가고 가랑비마저 내리니 슬픔이 배로 더한다.
보잘것없는 선비는 붉은 섬돌 아래에서 머리를 조아리며
연신 주공周公의 과질시2)를 읊조린다.


豐沛祥雲盪兩儀　　化家爲國建丕基3)
松陰掩苒環淸廟　　日角昭垂映彩眉
世遠本支紛奕葉　　春深雨露倍增悲
小儒稽首丹墀下　　續賦周公瓜瓞詩


1) 풍(豐)은 중국의 현명(縣名)이고, 패(沛)는 중국의 군명(郡名)으로서 한(漢)나라의 건국
　　시조인 유방(劉邦)이 패군(沛郡) 풍현(豐縣) 출신이었던 까닭에 풍패(豐沛)는 건국의 시
　　조, 또는 제왕의 고향을 지칭하게 되었다.
2) 『시경(詩經)』「대아(大雅)」〈면(緜)〉에, "緜緜瓜瓞, 民之初生, 自土沮漆.(길게 뻗은 오
　　이 넝쿨 / 이 겨레 처음 생겨난 곳 / 저절로 강물 흐르는 고장)"이라 하여, '자손이
　　번창하여 서로 이어져 끊어지지 않는 것'을 비유한다.
3) 성현(成俔)의 문집인 『허백정집(虛白亭集)』에는 '建丕基' 대신 '正乘時'로 기록되어 있다.

# 목청전 2

穆淸殿 二* - 성현

낡은 집에서 용이 날아간 지도
이미 백 년
솔 그늘진 땅엔
푸른 안개만 일렁인다.
임금의 눈동자는
엄숙하게 기둥 안에서 빛나고
높은 코는
어슴푸레 도끼를 수놓은 병풍 앞에서 빛난다.
세상을 덮을 만한 공로는
하늘에 넘칠 듯
태평성대의 터전을 닦은 일은
면면히 이어져 온다.
서생은 구레나룻 털을 비비꼬며
상념에 잠기고
옥계단에서 두 번 절하며
살포시 눈물 적신다.

故宅龍飛已百年　　松陰鋪地動蒼烟
重瞳肅穆華楹內　　隆準依俙綉斧前
盖世功勞天蕩蕩　　大平基業日綿綿
書生寂有攀髯想　　再拜瑤墀淚泫然

* 성현(成俔)의 문집인 『허백정집(虛白亭集)』에는 이 시가 없다.

# 목청전

穆清殿 - 허침

용이 날고 봉새가 춤을 추며
궁궐의 담장을 호위하였건만
오백 년을 이어온 제왕의 왕업이
다른 성姓으로 바뀌었다.
귀로 들은 노래 가락은
순舜임금 우禹임금으로 귀의시키고
장수들을 지휘하여
악의 무리들을 깨끗이 쓸어냈다.
마침내 이룬 대업은
하늘과 땅처럼 오래감을
아직도 일월처럼 빛나는
두 눈동자가 상기시켜 준다.
떠나고자 배회하며
부지런히 머리를 조아리는데
나그네의 옷에서는
아직도 남은 향이 묻어난다.

龍飛鳳舞護宮墻　　五百眞生異姓王
任聽謳歌歸舜禹　　指揮旄鉞掃欃槍
終垂大業乾坤久　　尚記重瞳日月光
欲去徘徊勤稽首　　征衣猶得挹餘香

# 목청전

穆清殿* - 채수

진인眞人이 운을 타고
이 나라 왕업을 일으키니
아름다운 기운이 가득하여
한 나라를 진정시켰네.
지극한 덕을 갖춘 군신이
모두 하나가 되어
신령한 공훈은 예나 지금이나 아득하여
견줄 것이 없어라.
요임금의 눈썹같은 상서로운 광채는
금벽에서 빛나고
순임금의 궁궐에 끼어있는 상운祥雲이
창문을 감싸고 있네.
천지도 진실로 그림 그리는 일이
어렵다는 것을 아는데
소신이
어떻게 기둥만한 붓을 얻을 수 있겠나?

眞人乘運此興王　佳氣葱葱鎭一邦
至德君臣咸有一　神功今古奭無雙
堯眉瑞彩輝金璧　舜殿祥雲繞綺窓
天地固知難繪畫　小臣那得筆如杠

---

\* 채수(蔡壽)의 시문집인 『나재집(懶齋集)』에는 제목이 '穆清殿卽太祖舊宅 有御容'이라고
　되어 있다.

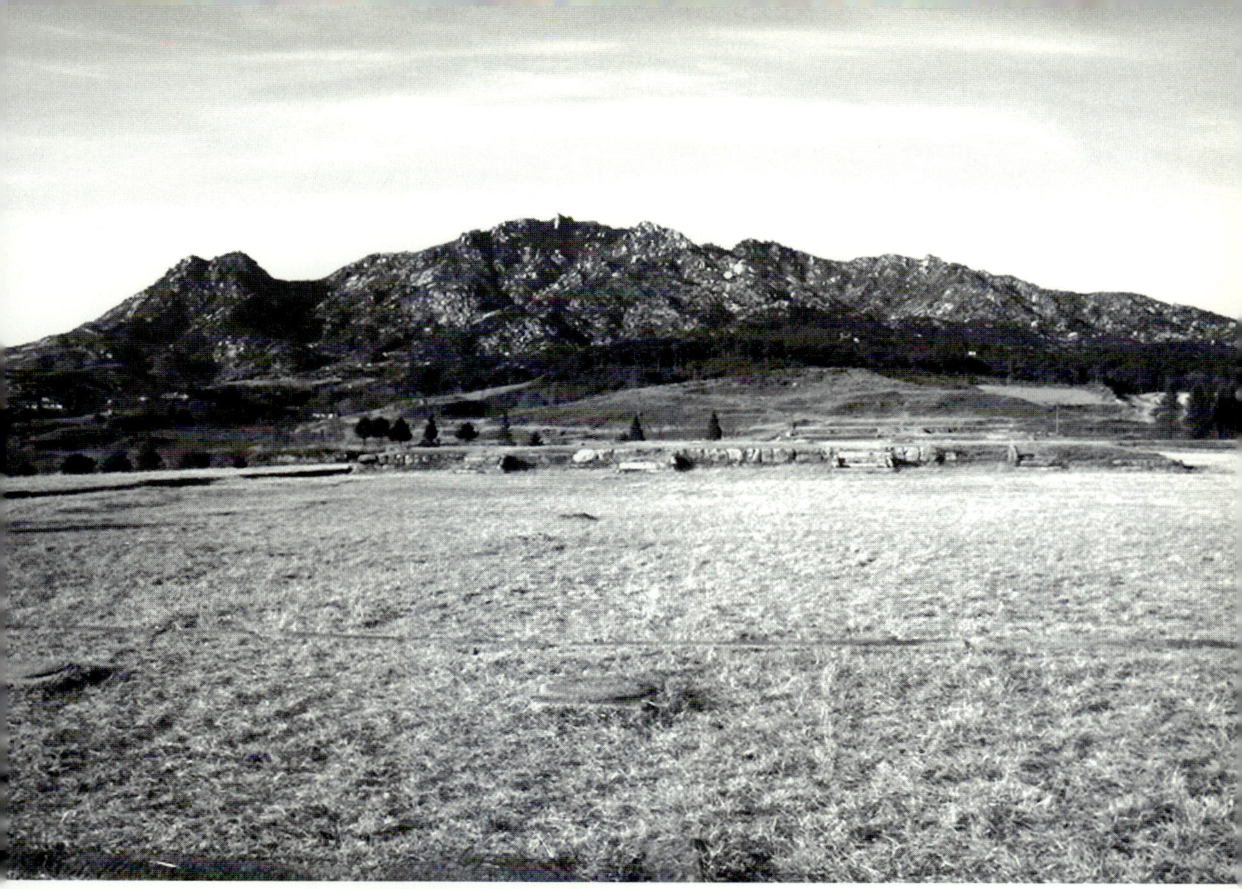



상 ▸ 회경전 만월대와 송악산
하 ▸ 회경전 만월대터로 올라가는 4개의 돌계단

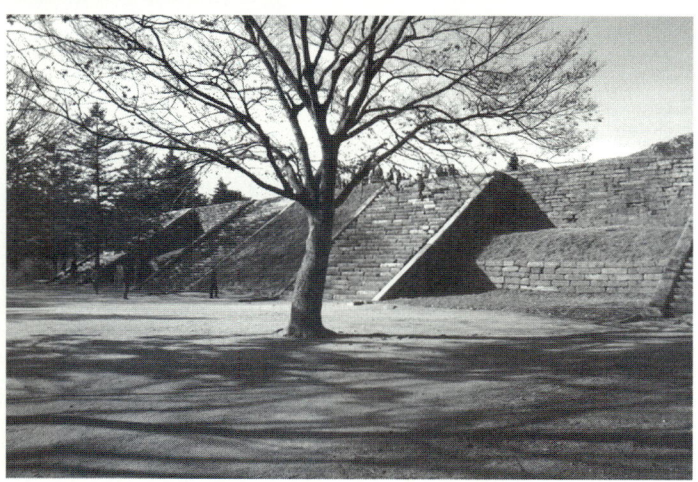

상 ▶ 고려성균관 전경
하 ▶ (좌)성균관내 헌화사7층탑 (우)헌화사비

73

상 ▶ 수창궁 용두. 현재는 고려박물관 앞뜰에 옮겨져있다.
하 ▶ 표충비

74

75

상 ▶ 안화사 전경
하 ▶ 안화사 오백나한전

## 성균관

成均館 - 안침

송도 성균관의 행단은 지금도 적막하여
회랑과 관사들이 석양에 비켜 있다.
공자의 소상塑像은 엄숙하여 살아계신 듯한데
미언微言을 어찌 잊을 수 있겠는가?
문장은 오래된 회나무를 보는 듯하고
도덕은 높은 담장을 우러러 보는 듯하다.
날이 어두워지자 아득한 상상력만 더하여서
바람결에 술 한 잔을 따라 올린다.

杏壇今寂寂　廊廡半斜陽
遺像儼如在　微言詎可忘
文章看老檜　道德仰崇墻
日暯增遐想　臨風酹一觴

# 성균관

成均館 - 채수

십 리 밖 동쪽 교외의 성균관을 찾아
선사先師를 알현하고
글방에 홀로 앉아 있으니
생각에 잠긴다.
백세百世의 인재이신 공자님은
지금은 아무 말이 없고
뜰 안 가득한 송백의 그림자만
들쑥날쑥 하구나.
당시에 만든 소상塑像은
예전의 얼굴과 똑같으니
옛날 뗏목을 띄우고자 한 마음
분명 알 수 있겠다.
쓸쓸히 지나간 옛일은
물을 길이 없는데
산마루의 저녁노을이
사람을 슬프게 한다.

東郊十里謁先師　獨坐黌堂有所思
百世人才今寂寞　滿庭松檜影參差
當年塑像顔如昨　昔日乘桴意可知
惆悵無因問前事　半山斜日使人悲

# 성균관

成均館 - 성현

동문 밖 십여 리
주周나라 길은 멀고
뜰 안 가득한 송백만
울울창창하구나.
고려왕의 후예들은
이제 남은 자손이 없고
묘전廟殿만 남아
오로지 공자님만 받들고 있다.
수업을 받던 학생들은
거개가 장사꾼이 되고
오경五經을 담론하던 박사들은
쪽방에 누워있다.
가련하다.
시를 배우고 송독誦讀하던 교생이 놀던 곳
이제는 나무꾼들의 노랫소리만
저녁노을 속에 들린다.

十里東門周道長　　滿庭松檜鬱蒼蒼
龍孫今已無遺種　　廟貌猶能奉素王
受業諸生多市賈　　談經博士臥黌堂
可憐絃誦簪裾地1)　　今見樵歌帶夕陽

1) 성현(成俔)의 문집인 『허백정집(虛白亭集)』에는 '簪裾地' 대신 '藏脩地'로 기록되어 있다.

# 성균관

## 成均館 - 허침

지난 왕조에선
날마다 교문교[1]가 분주했는데
지금은 제생諸生들로 하여금
토론을 그치게 하였다.
예로부터
도심道心은 묘하게 합치됨을 기약했는데
처음부터
성학聖學은 그 연원이 있는 것
이 유학의 도를 함께 하고자 하나
미언微言마저 끊기고
이 땅은 부질없이 텅 비고
묘당만 남아있다.
적막한 행단杏壇엔
봄마저 저물어가니
무수히 떨어지는 꽃잎만
이끼 위에 수를 놓는다.

先朝當日奮橋門　　可使諸生廢討論
自昔道心期妙契　　從來聖學有淵源
斯文欲與微言絶　　此地空餘廟貌存
寂寂杏壇春又晚　　落花無數繞苔痕

1) 교문(橋門)은 옛날 학교인 태학(太學)을 감싸 흐르는 물이 있어, 이를 건너 태학에 들어
　오는 다리로 문이 4개가 있었으므로 이를 '교문'이라고 한다.

# 성균관

## 成均館 – 조위

고색창연한 대성전은 반수(泮水가[1])에 있는데
젊은 학생들이 다시는 채근가[2]를 부르지 않는다.
부질없이 공자의 소상塑像만 남아있어
감개가 무량함을 참을 수가 없구나.
서글프게 영웅도 이제는 적막 속으로 묻히고
아득한 세월도 모두 사라졌구나.
그 당시 교문橋門에 모여든 사람들을 추억하며[3]
책 상자 뒤지며 마루에 오른들 무엇 하겠는가?

古殿荒涼泮水涯　　靑衿無復採芹歌
空餘尼父儀容在　　不耐鯫生感慨多
袞袞英雄今寂莫　　悠悠歲月摠消磨
追思當日橋門會　　鼓篋升堂有幾麼

80

1) 반궁(泮宮)의 옆을 흐르는 물로 성균관의 주변을 가리킨다.
2) 『시경(詩經)』「노송(魯頌)」〈반수(泮水)〉에, "思樂泮水, 薄采其芹(즐겁구나, 반수가에서 / 캐세 캐세 미나리)."라고 하여, 반궁에서 연회를 즐기며 임금의 덕을 칭송한 노래이다.
3) 성균관(태학)에서 시행하는 향사례와 경연(經筵)을 구경하기 위해 모여든 수많은 사람을 의미한다. (『후한서(後漢書)』, 鄕射禮畢 帝正坐自講 諸儒執經問難於前 冠帶縉紳之人 圜橋門而觀聽者蓋億萬計)

# 왕륜사

## 王輪寺 - 성현

드높은 절집은 황량하고
스님마저 보이지 않는데
황금으로 빚은 부처만
고고孤高하게 서있다.
먼지가 쌓인 선탑禪榻은
바람이 비질을 하고
밤이 어두워지자
격자창에 걸린 달이 등불이 된다.
농부가 밭을 갈면서
예전의 섬돌을 캐내고
행인은 길을 나서며
높은 언덕을 오른다.
깎아지른 듯 높이 솟은 바위가
시냇가의 조약돌이 되듯
만고의 세월은 말이 없지만
분명 흥망성쇠를 보여준다.

傑閣荒涼不見僧1)　　黃金大士獨崚嶒
塵埋禪榻風爲箒　　夜暗窓櫳月作燈2)
野叟耕田穿古砌　　行人開路轉高陵
巉巖一片溪頭石　　萬古無言閱廢興

1) 성현(成俔)의 문집인 『허백정집(虛白亭集)』에는 '閣' 대신 '構'로 기록되어 있다.
2) 성현의 문집인 『허백정집』에는 '櫳' 대신 '櫳'으로 기록되어 있다.

# 왕륜사

王輪寺 - 허침

저녁달 아래 바람 속에서
새롭게 일소一笑를 짓는다.
불문佛門과 세속
어느 것이 참이고 거짓인가?
이미 삼생三生을 이해하는
스님은 없고
오직 여섯 길 남짓한
육신불六身佛만 남아있다.
낡은 바람벽은
달팽이가 겨워 낸 침에 그림까지 개먹어들고
무너진 담장은
풀벌레가 토해 낸 이슬에 가시덤불까지 축축하다.
오랜 세월 속에
이미 신통력도 다하여
얽히고설킨 억겁億劫의 업보를
정말 헤아리기도 어렵다.

晚月臨風一笑新　玄關世路妄耶眞
無僧解記前三語　有佛唯餘丈六身
古壁蝸涎侵紛繪　毁垣蟲露濕荊榛
多年已盡神通力　結構應難度劫塵

# 왕륜사

王輪寺 - 채수

강물의 북쪽, 산의 남쪽으로
한 갈래 길이 희미한데
가고 오는 길
말없이 부슬비 속에 서있다.
단청이 다 바랜 대웅전은
텅 비어 있고
오랜 세월
향불을 지켜온 스님도 없다.
아직도 봄날은
남모르게 글 짓는 나그네 따라 깊어가고
저녁 구름은
낮게 목동 따라 돌아간다.
다만 돌계단 밑에는
기이한 꽃들이 만발하여
무심하게도 청향淸香을
내 옷에 스미게 한다.

水北山南一逕微　　竭來無語立殘霏
丹靑半落殿空在　　香火多年僧已非
春日暗隨騷客老　　暮雲低逐牧童歸
階邊只有奇花發　　閑送淸香襲我衣

# 왕륜사

王輪寺 - 안침

천년 고찰 왕륜사는
여전히 남아있고
향이 시든 치자나무엔
한운寒雲이 덮여 있다.
남쪽 시냇가엔
꽃이 지고 봄도 저물어 가는데
북쪽 산마루엔
원숭이 울고 달은 석양녘에 떠오른다.
스님이 떠난 지도 몇 년이나 되었는지?
문들은 꼭꼭 잠겨져있다.
나그네가 찾아온 오늘 저녁도
입은 있으나 할 말을 잊었다.
영고성쇠와 이해득실은
흔히 있는 인간세상의 일들이라
흥망성쇠를 가지고
부질없이 애간장을 녹이지 말라.

千載王輪古刹存　香消薝葍掩寒雲
南溪花謝春將暮　北嶺猿啼月欲曛
僧去幾年門鎖鑰　客來今夕口忘言
榮枯得失人間事　莫把興亡枉斷魂

# 안화동 수락석

安和洞 水落石 – 성현

비 개인 송악산은
바라보는 곳마다 신기한데
푸른 산마루 정자 아랫길은
구불구불 접어든다.
채공蔡公1)의 시 짓는 재주
지금은 볼 수 없고
자하동의 물안개만
겨우 수습할 수 있구나.
숲가의 흰 조약돌
옥구슬 자리를 깔아놓고
맑은 샘물이 얼굴에 튀기며
하얀 실처럼 졸졸 흐른다.
마치 섬섬옥수를
불러들인 듯
튕기는 소리가
중화곡사中和曲詞를 훤히 아는 듯.

雨後松山面面奇　　碧岑亭下路逶迤
蔡公風韻今無見　　紫洞烟霞只可拾
白石傍林鋪玉簟　　清泉洒面鴻銀絲
若爲喚得纖纖指　　彈徹中和曲裏詞

1) 송도 유람의 일행인 채수(蔡壽)를 가리킨다.

# 안화동 수락석

安和洞 水落石 - 허침

자연을 좋아하는 병을
오래도록 치료하지 못하여
오늘 또 통술 들고
번번이 시를 읊조린다.
큰 소리로 떠들던 고상한 이야기
달변도 바닥이 나고
열심히 남을 부추기기는 일도
회의懷疑가 들어 흙장난을 친다.
두 짝 나막신으로는
깎아지른 절벽을 오를 순 없지만
한 개 낚싯대로
맑은 물결을 제 마음대로 되돌린다.
짚새기에 죽장집고 들어 선
안화동 골짜기 길
이곳에 이르면 사람들로 하여금
신선인 중사仲思1)를 기억하게 한다.

泉石膏肓久未醫　　又携鐏酒輒吟詩
高談共駭窮天口　　好事兼疑捲地皮
雙屐不堪登絶巘　　一竿還自弄淸漪
芒鞋竹杖安和路　　到此令人憶仲思

1) 중국 북제(北齊)시대의 선인(仙人).

# 안화동 수락석

安和洞 水落石 - 채수

비 개인 후라
산 빛은 맑은 하늘로 뻗쳐 있고
호랑이가 걸터앉고 용이 꿈틀거리듯
천자의 궁궐처럼 장엄하구나.
절벽과 높이 솟은 바위
마치 창들을 진열해 놓은 듯
찬 물결 맑고 푸르러
물고기를 헤아려 볼 수 있고
이 같은 맑은 홍취는
온전히 나를 잊게 하고
자리를 함께한 좋은 친구들은
모두 나를 일깨운다.
몇 년을 티끌 먼지 속에
서울로 내달았나?
지금부턴
바로 광속의 집1)에 붙어살련다.

雨餘山色倚晴虛　虎踞龍蟠壯帝居
絕壁巉岩如列戟　寒流澄碧可觀魚
一般淸興渾忘我　滿坐高朋摠起予
幾歲風塵走京洛　從今端欲寄匡廬

1) 광속(匡俗)의 집은 강소성(江西省)의 여산(廬山)에 있다. 광속은 전설상의 인물로 은말
주초(殷末周初)에 형제 7인과 함께 선도(仙道)를 배우고 득도하여 남장산(南障山)에 초
려(草廬)를 짓고 은거하여 살았다. 그래서 이 산을 여산(廬山)·광려(匡廬), 또는 광산
(匡山)이라고도 한다.

# 안화동 수락석

## 安和洞 水落石 – 조위

바위틈에서 샘솟는 한줄기 샘물이
석연石淵으로 흐르고
드넓은 골짜기엔
푸른 안개가 내려있다.
황성의 옛 터엔
천문千門마져 닫혀있고
봄 지나 늦게 핀
꽃나무만 서너 그루
겁화劫火1)로
이미 조정도 바꾸었으니
사람들이 찾아와
옛날 청담하던 것을 비웃는다.
해 저녁까지 머물며
나무꾼과 대화하는데
아직도
중암거사2)의 이름을 말하더라.

一道巖泉瀉石泓　　谽谺洞口碧煙橫
年荒古礎千門廢　　春去幽花幾樹明
劫已成灰朝市改　　人來訪古笑談淸
日斜留與樵蘇話　　猶說中菴居士名

---

1) 겁화(劫火) : 세계가 파멸될 때 일어나는 큰불. 여기에서는 위화도 회군과 조선왕조의
　　개창을 의미한다.
2) 이곡(李穀, 1298~1351) : 고려 말엽의 학자. 본관은 한산(韓山)이고, 자는 중보(仲父)
　　이며, 호는 가정(稼亭), 시호는 문효(文孝)이다. 저서로 『가정집』이 있다.

## 안화동 수락석

安和洞 水落石 - 안침

오래 되었도다.
송도에 왕기王氣가 다한 지도
다시는 벼슬아치들이
이곳에 와서 놀지를 않는다.
지금 나만 홀로
바위 앞 냇물에 낚시를 드리우는데
활발한 피라미 떼들만
낚시를 피하지 않는다.

한줄기 골짜기는
물안개가 자욱하여 더욱 깊숙한데
되돌아 지난 일을 회고하니
이미 찾기도 어렵다.
중화당 위에 있던 사람은
지금은 어디에 있는가?
옛날처럼 봄바람에
숲속에 꽃들만 만발하였다.

久矣松都王氣收　　更無冠盖此來遊
我今投釣巖前水　　潑潑纖鱗不避釣

一洞烟霞鎖更深　　回頭往事已難尋
中和堂上人何在　　依舊春風花滿林

## 안화동 수락석

安和洞 水落石 - 성세명

눈앞에 가득한 물안개에
경계境界가 더욱 깊은데
산 구름, 시냇물 따라 걸으면서
아득히 숨은 비경을 찾아 나선다.
그 당시 아름다운 일은
봄이 왔는데도 찾을 길 없고
새벽달만 희미하게
숲 언저리를 비춘다.


滿目烟霞境轉深　　山雲溪水足幽尋
當時勝事春無迹　　殘月依依映半林

# 고려 왕궁터에서

本闕古基 - 조위

궁예[1]의 잔학한 화염이 하늘 끝까지 타오르는데
진명천자眞命天子[2]는 푸른 나무숲에서 우뚝 서있다.
하늘의 창을 순식간에 휘둘러
계룡산과 압록강을 수습하여 삼한三韓을 거두었다.
신통력 있는 스님은 혜안으로 길흉을 헤아려 보고
송도 부소산에는 용이 날고 봉황이 춤을 춘다.
처마와 금벽은 용의 머리를 마주하고
드높은 쌍궐雙闕은 높고 험준한 산기슭에 접해 있다.
그 당시 관아官衙와 정전正殿은 높이가 몇 길이나 되었나?
봄은 깊어만 가고 단청한 작은 쪽문들만 보인다.
위봉루 앞에는 채색 창을 든 병사들이 호위하고
동쪽 연못엔 물이 따뜻해지자 고니가 날아든다.
건부乾符[3]를 손에 잡고 기자箕子의 봉토封土를 넓혀가니
규모가 어찌 고구려와 백제 같으랴?
누대累代로 어진 임금 나오시어 태평성대 이어지고
의관과 문물은 중국에 짝할 정도
빛나는 문물은 모두 빼어났고
200년 동안 좋은 일도 많았다.
궁궐 앞엔 비단이 산처럼 쌓여있고
생황笙簧소리는 팔관재[4]에 뒤섞여 어지러웠다.
임금은 한가로이 노닐다, 권병權柄의 추이를 살피지 못하여
태아太阿의 보검[5]을 거꾸로 쥐고 무엇을 하겠는가?

1) 원문에서의 태봉(泰封)으로, 태봉은 신라 효공왕(孝恭王) 5년(901년)에 궁예(弓裔)가 송
   악(松嶽, 開城)에 세운 나라이므로 궁예를 지칭한다.
2) 천명(天命)을 받아서 나라를 세운 황제(皇帝)로, 여기에서는 고려를 세운 왕건(王建)을
   의미한다.
3) 건부(乾符)는 제왕의 부서(符書).
4) 고려 시대 개경과 서경에서 매년 토속신에게 제사지내던 의식으로, 의식이 매우 성대

황급히 대낮에 구중궁궐 열리더니
가련타. 횃불 하나에 싸늘한 재로 변했다.
이로부터 번화한 문물 갑자기 적막하여지고
지금은 황폐한 섬돌만 우뚝하게 남아있다.
나는 이곳에 와서 방황하면서 두 눈에 눈물 흘리며
석양에 창백한 수염 쓸쓸히 흩날린다.
아직도 한스럽구나.
당시에 방자한 역신逆臣의 머리를
한 치의 칼로 차마 베지 못한 알량한 마음이
흥망의 잦은 변고에 세월 또한 늙어가나
만고의 세월에 부소산만 푸르기가 그지없구나.

| | |
|---|---|
| 泰封虐焰燔蒼穹 | 眞人崛起靑木中 |
| 天戈指揮俄頃間 | 操鷄搏鴨收三韓 |
| 神僧有眼覷天怪 | 龍飛鳳舞扶蘇山 |
| 舳艫金碧對龍首 | 嵯峨雙闕臨屛顔 |
| 當衢正殿高幾尋 | 彤闈紫闥春深深 |
| 威鳳樓前彩仗圍 | 東池水暖瑞鵠飛 |
| 手握乾符廓箕封 | 規模肯與麗濟同 |
| 明良累葉臻泰和 | 衣冠文物侔中華 |
| 成光顯文俱濟濟 | 二百年來樂事多 |
| 宮前錦繡如山堆 | 笙歌雜還八關齋 |
| 優游不省權柄移 | 倒持太阿何能爲 |
| 蒼皇白日九關開 | 可憐一炬成寒灰 |
| 從此繁華忽蕭散 | 至今廢砌高崔嵬 |
| 我來彷徨雙悌流 | 蒼髥落日寒颼颼 |
| 猶恨當時縱逆虜 | 尙忍寸刃完其頭 |
| 興亡百變天亦老 | 萬古扶蘇靑未了 |

　　하여 임금은 비빈(妃嬪)들과 함께 누(樓)에 올라 크게 풍악을 울리면서 연회를 베풀어 술을
　　마시고, 상인들은 비단으로 장막을 만들었는데, 100여 리나 연결하여 부를 과시하였다.
5) 중국 초나라 보검(寶劍)의 하나로 구야자(歐冶子)와 간장(干將)이 함께 만든 것으로 용
　　연(龍淵), 공포(工布)와 더불어 명검으로 불린다.

# 고려 왕궁터에서

本闕古基 - 허침

신라를 거머쥐고 압록강을 다스림도
이미 다 날아가고
횃불 하나에 궁궐은 타버리고
옛 왕업도 희미해졌네.
천하의 동호董狐도
원래부터 스스로 붓을 굳건한 것[1]
임금 앞의 계승자는
끝내 어디로 돌아갔나?
무너진 권위를 근심하지 않고
임금의 보위만을 엿보며
뒤를 따름은 알았지만
졸지에 생긴 화난에 저촉되었네.
백 년도 지나지 않은 지금
맥수가麥秀歌[2]에 슬픈데
그 당시의 임금도
또한 눈물로 옷을 적셨으리라.

操鷄搏鴨已推飛　　一炬秦宮舊業微
天下董公元自健　　輦前稽紹竟何歸
毁威不恤窺神器　　蹈尾方知觸駭機
未待百年悲麥秀　　君王當日亦霑衣

1) 동호(董狐)는 중국 진(晉)나라의 사관(史官)으로 위세를 두려워하지 아니하고, 사실을
   사실로 직필(直筆)을 하여, '동호직필(董狐之筆)'의 고사가 생겼다.
2) 기자(箕子)가 멸망한 그의 조국 은(殷)나라의 도읍지를 지나면서 읊었다는 노래로 내용
   은 다음과 같다. "보리 이삭은 점점 자라고 / 벼와 기장 기름지기도 해라 / 저 교활한
   아이는 / 나와는 사이가 좋지를 않네(麥秀漸漸兮 / 禾黍油油兮 / 彼狡童兮 / 不與我好
   兮)." 시 속의 교동(狡童)은 은나라의 폭군 주(紂)를 가리키며, 그의 폭정으로 은나라가
   망하게 되었음을 풍유하며, 후대에 전(轉)하여 '맥수지탄(麥秀之歎)'은 고국의 멸망을
   한탄하는 의미로 쓰인다.

# 고려 왕궁터에서

本闕古基<sup>*</sup> - 채수

한가로이 장송에 기대어
옛 도읍지를 바라본다.
인간사 흥망은
몇 번이나 꽃피고 시들었나?
궁궐의 누대와 전각들은
병화兵火로 거의 다 재로 변하였건만
지금도 남아 있는 산과 내는
그림같이 펼쳐져 있다.
봄바람이 황량한 정원에 불자
가시덤불이 돋아나고
해 저녁 앙상한 버드나무엔
주린 까마귀가 운다.
나무꾼은
전 왕조의 애한을 아는지 모르는지
서생보고 할 일 없으면
술병이나 기울이자고 한다.

閑倚長松覽古都　　人間興廢幾榮枯
盡將臺殿灰兵火　　遺却溪山展畫圖
春入空庭生蔓草　　日斜殘柳噪飢烏
樵夫不識前朝恨　　爲道書生浪倒壺

* 채수(蔡壽)의 시문집인 『나재집(懶齋集)』에는 제목이 '本闕古基 俗號滿月臺'라고 되어
  있다.

## 고려 왕궁터에서

本闕古基 - 안침

전 왕조 오백 년의 유적은
이미 먼지가 되고
송산의 푸르름은
몇 번이나 새로워졌나?
이끼로 뒤덮인 왕의 수레 길은
나무꾼이 샛길을 만들고
비 뿌린 공놀이 마당은
잡초가 저절로 자라 봄을 알린다.
후원에서 불던 피리소리도
지금은 적막하고
동쪽 연못에서 하던 뱃놀이도
오래전에 끝이 났다.
아득히 지난 일을
누구에게 물어볼거나?
누대 위엔
달 하나만 둥그렇게 남아있다.

五百年前迹已塵　　松山蒼翠幾回新
苔封輦路樵成逕　　雨洒毬庭草自春
後殿笙歌今寂寞　　東池舟楫久沈淪
悠悠往事憑誰問　　臺上唯餘月一輪

# 고려 왕궁터에서

本闕古基 - 성현

곡령鵠嶺엔 하늘높이
붉고 푸른빛이 떠있고
용이 서리고 호랑이가 웅크려 앉아
신주神州를 지킨다.
강안전은 무너지고
소나무만 천 길 높이로 자랐고
위봉루는 사라지고
그 터만 한 길 언덕으로 남아있다.
번화한 꽃향기도 시들었는데
봄날은 여전히 남아있고
생황과 노래 소리도 다했는데
강물만 부질없이 흐른다.
전 왕조의 일은
물어볼 필요도 없는데
쓸쓸히 지는 해를 바라보자
두 눈에 수심이 가득하다.

鵠嶺凌空紫翠浮　　龍蹯虎踞擁神州
康安殿廢松千丈　　威鳳樓空土一丘
羅綺香消春獨在　　笙歌聲盡水空流
不須問訊前朝事　　落日凄凉滿目愁

# 수창궁

## 壽昌宮 - 성현

쓸쓸히 성 언저리를 받치고 있는
황량한 수창궁
오백 년의 지난 세월을
되돌릴 수 없구나.
석양빛이 든 숲속은
새 울음소리에 시끄럽고
봄바람이 가득한 정원은
온갖 꽃이 피었다.
물이 꽃 언덕길을 먹어들어
무지개다리가 무너지고
풀은 옥섬돌 위를 타고 올라
치미雉尾가 무너졌다.
한 마리 말로 찾아온 나그네
옛 일을 조상하고
천천히 시구를 다듬으려
또 다시 서성인다.

荒宮寥落枕城隈　　五百光陰挽不回
返照入林啼鳥鬧　　春風滿苑雜花開
水穿綺陌虹橋斷　　草合瑤墀雉尾頹
匹馬行人來弔古　　謾將詩句重徘徊[1]

---

1) 성현(成俔)의 문집인『허백정집(虛白亭集)』에는 '謾將詩句重徘徊' 대신 '詩成一笑更徘徊'로 기록되어 있다.

# 수창궁

壽昌宮 - 허침

부소산의 고려 왕기王氣도
가라앉으려는 듯
여불위는 교묘한 꾀로
남몰래 진秦나라를 **빼앗았네.**[1]
아직도 동심은 있지만
끝없는 즐거움은 다하고
어찌 하늘의 뜻이
진인眞人에게 맡겨질 줄 알았겠는가?
무정하게도 새소리만 들리는
주란朱欄에 새벽이 오고
두 눈 가득
이끼가 무늬를 놓은 옥좌엔 봄이 한창이다.
전 왕조의 오래된 옛 이야기는
말하지 말라.
분명 동인銅人[2]을 어루만지며
손수건을 적시리라.

扶蘇王氣欲沈淪　　仲父潛謀巧奪秦
尙有童心窮邀樂　　豈知天意屬眞人
無情鳥語珠欄曉　　滿目苔斑玉座春
莫向前朝奢舊說　　摩挲銅狄會霑巾

1) 여불위(呂不韋)는 진(秦)의 왕자인 자초(子楚)가 그의 첩과 사랑에 빠지게 되자, 이미
   자신의 아이를 임신한 첩을 자초에게 주었다. 그는 자초의 아버지 안국군(安國君 : 孝文
   王)과 화양부인(華陽夫人)의 환심을 사 자초가 태자(太子)로 책봉되도록 하는 데 성공하
   여, 장양왕(莊襄王)이 되었다. 장양왕이 죽고 자기 첩의 아들 영정(嬴政)이 왕위에 올랐
   으며, 영정은 스스로 시황제(始皇帝)라고 칭하고 중국 통일을 완성하였다.
2) 『한서(漢書)』에, "진시황은 전국을 통일한 후, 각종 무기들이 나라에 해가 될 것을 염려하여
   무기를 거두어 들여 녹여서 금인(金人) 12명을 만들었는데, 이를 동인(銅人)이라고도 한다.

# 수창궁

壽昌宮 - 채수

다시는 신라를 거머쥔
기이한 공적을 묻지 마라.
백세의 남긴 터전이
온통 명아주 풀밭으로 변했다.
상商의 걸왕桀王이
몇 년 동안 백성들을 헤치니
주왕周王이 당일에
백성들을 구원하였다.
풍운風雲은
이미 신룡神龍을 쫓아가버리고
까막까치만
아직도 옛 정원에서 울고 있다.
흥망의 세월도
결국은 옛 일이 되는 것
송도에 놀러온 나그네여
밭으로 변한 수창궁을 조상弔喪하지 마라.

奇功無復問操鷄　百歲遺基但蒺藜
商受幾年殘赤子　周王當日救黔黎
風雲已逐神龍去　烏鵲猶依古苑啼
甲子興亡終古事　遊人不用弔鋤犁

# 수창궁

## 壽昌宮 - 안침

하늘의 뜻과 민심이

이미 주周나라에 맡겨지고

무도한 통치자[1]는 고립을 자초했는데

또 누구를 탓하랴?

한 사람이 책력冊曆에 따라

양양하게 천명을 여니

만백성이 바람을 좇아

즐겁게 노래 부른다.

온 나라에 초목이 무성하여

아름다운 기운이 성하고

말희妹喜의 주향酒鄕[2]은 흔적 없이 사라졌어도

고궁은 여전히 남아있다.

그 때를 목격한

백발의 촌 늙은이가 살아있어

혼자서 중얼거리기를

"용이 날아간 지도 팔십 년이 되었다"고 하네.

天意民心已屬周　　獨夫孤立又誰尤
一人應曆揚初命　　萬姓趨風喜欲謳
洛邑鬱茐佳氣壯　　妹鄕埋沒古宮留
當時白髮村翁在　　自說龍飛八十秋

---

1) 중국 은(殷)나라의 마지막 왕인 주(紂)를 가리킨다. 주(紂)는 애첩 달기를 즐겁게 해주기 위해 호화로운 궁전을 만들기 위해 무거운 세금을 부과하여 백성들의 원성을 샀으며, 술로 가득 채운 연못(酒池)을 만드는 등 방탕한 생활로 나라를 잃었다고 한다.
2) 중국 하(夏)나라 걸왕(桀王)의 비(妃)로 걸왕(桀王)과 더불어 음주(飮酒)로 나날을 보내 결국 하나라가 멸망하게 되었다.

# 수창궁

壽昌宮 - 조위

오백 년 왕조의
그 모습이 아니거니
나그네는 부질없이
슬픈 서리가黍離歌를 짓는다.
남아 있는 옥기와는
오랜 풍상에 낡았고
퇴락한 동타銅駝는
세월을 알려준다.
날이 저물자
산안개가 푸르게 숲을 감싸고
도성이 비자
봄풀이 푸르게 성가퀴까지 뻗었다.
선도仙桃의 옛일은
모두 다 사라지고
수레와 가마가
화산·한수로 이동했다[1].

五百年來朝代非　行人空作黍離悲
欹殘玉瓦風霜古　零落銅駝歲月知
日暮山嵐青繞樹　城空春草綠侵陴
仙桃舊業消磨盡　輸與華山漢水移

1) 화산(華山)은 서울 북쪽에 있는 삼각산의 옛 이름이고, 한수(漢水)는 한강(漢江)이므로
　오늘날의 서울을 가리킨다.

좌 ▶ (상)박연폭포와 고모담
좌 ▶ (하)박연폭포 용바위에 새겨진 글씨. 황진이가 젖은 머리칼로 썼다고 전해온다.
우 ▶ 겸재 정선의 박연폭포

103

좌(상) ► 관음사 대웅전 전경
좌(하) ► 관음사 7층석탑
우(좌) ► 관음굴 내 관음불상
우(우) ► 관음굴

# 복령사

福靈寺 – 채수

나 홀로
명아주 지팡이에 짚새기 신고
칡넝쿨 숲을 뚫고
깎아지른 절벽을 지났다.
산이 깊어
해묵은 나무들이 태양을 가리고
절간은 인적이 없어
푸른 이끼가 저절로 계단을 덮는다.
글을 배우고 무술을 배웠다 해도
어떻게 먹고 살 수 있으랴?
풍진 세상에 이 몸은
살아갈 대책도 없구나.
만약 앞에 있는 시냇물을
끌어 올릴 수만 있다면
가슴 속에 티끌처럼 엉켜있는 근심을
모조리 씻어낼 수 있으리라.

獨携藜杖與芒鞋　　穿出藤蘿過斷崖
山深老樹能欺日　　庭靜蒼苔自上階
書劍豈緣營口腹　　風塵無計外形骸
若爲挽得前溪水　　洗盡胸中芥滯懷

# 복령사 벽에 있는 시에 차운함

次福靈寺壁上韻 - 채수

되돌아와 남루南樓에 기대어
부질없이 시를 읊는데
황량한 옛 절집은
흰 구름에 묻혀있구나.
멍청한 중들은
전조前朝의 역사를 기억하지 못하고
오래된 고목만이
오히려 태고의 마음을 머금고 있구나.
쏴아쏴아 흐르는 쌍계의 한기가
뼈 속까지 파고들고
흔적조차 없는 조붓한 길은
공교롭게 숲속까지 뻗쳐있다.
아득한 옛 자취를
누구에게 물어볼거나
오직 강산만이
예나 지금이나 그대로구나.

旋倚南樓謾苦吟　　荒凉古寺白雲深
頑僧不記前朝事　　喬木猶含太古心
瀧瀧雙溪寒浸骨　　微微一逕巧穿林
滄茫舊蹟憑誰問　　惟有江山自古今

# 복령사 벽에 있는 시에 차운함

次福靈寺壁上韻 - 안침


성을 나와 서쪽을 바라보며

큰소리로 시를 읊는데

산길마다 푸른 이끼가 끼고

골짜기는 더없이 깊구나.

고목이 바위를 감싸고 있어

절이 있는 곳을 알려주고

맑은 샘물은 돌에 부딪쳐 흘러

마음을 들뜨게 한다.

집에 돌아와

갑자기 도연명을 그리워하고

시를 지으려 하나

또 다시 이한림[1]에게 부끄럽구나.

억지로

벽 사이에다 성姓과 자字를 써넣었는데

다만 옛 것을 보는 것을

지금을 보는 것과 같이 하리라.

108


出城西望發高吟　　滿逕蒼苔洞壑深

古木回巖知有寺　　清泉激石可澆心

歸來忽憶陶彭澤　　題咏還慙李翰林

强向壁間書姓字　　徒緣視古猶視今


---

1) 이한림(李翰林)은 고려의 대문인인 이규보(李奎報)가 맡은 관직이 한림학사(翰林學士)
였기 때문에 '이규보'를 '이한림'이라고 부른다.

# 복령사 벽에 있는 시에 차운함

福靈寺次壁上韻 — 조위

시 주머니에
길고 짧은 시를 챙겨 넣는데
저 한 갈래 길은
안개가 자욱하게 깔려있다.
무너진 절간 나무 가지에선
새 소리도 감추고
반쯤 걷어 올린 주렴 사이로
산 그림자가 거문고에 내려앉는다.
마음을 상쾌하게 하려고
조계수曹溪水를 마시려는데
코에 들어오는 향기가
먼저 꽃 수풀을 찾게 한다.
천여 년을 부질없이
방차율房次律1)을 전하니
스님을 만나면
과거 현재 미래를 말하지 말라.

| 奚囊收拾短長吟 | 一路煙霞深復深 |
| 廢院鳥聲藏樹杪 | 半簾山影落琴心 |
| 爽襟欲試曹溪水 | 入鼻先尋簷萄林 |
| 千載謾傳房次律 | 逢僧莫話去來今 |

1) 방차율(房次律) : 차율(次律)은 당(唐)나라 때 장군인 방관(房琯)의 자(字)이다. 방관은 현종(玄宗)과 숙종(肅宗)의 신임을 받아 장군이 되었으며, 또 스스로 고담준론을 좋아하여 세상 일을 다 아는 체 했지만, 실은 일을 모르고 사람을 잘 쓰지 못하여 진도사(陳濤斜) 싸움에서 군사 4만 명을 잃은 패전한 장군이다.

# 복령사 벽에 있는 시에 차운함

## 次福靈寺壁上韻 - 성현

아름다운 경치가
나를 흔들어 홀로 시를 읊게 하고
성의 서쪽으로 나서니
경계가 더욱 깊어진다.
새가 지저귀며 사람을 부르는데
마치 유심한 듯하고
구름이 한가로이 골짜기에서 나오는데
마치 무심한 듯하구나.
절집의 문을 여니
우뚝하게 황금을 입힌 동인銅人이 서있고
누각들은 높이 솟아
크고 작은 푸른 나무들을 압도한다.
지난 일들은 아득하여
물어볼 곳이 없는데
부질없이 산의 경치만
지금까지도 여전하구나.

物華撩我費孤吟　　行出城西境轉深
啼鳥喚人如有意　　閒雲出岫自無心
堂開突兀黃金狄　　樓壓參差綠樹林
往事茫茫問無處　　空餘山色到如今

# 복령사 벽에 있는 시에 차운함

次福靈寺壁上韻 - 허침

말안장에 기대어
길고도 엄숙하게 시를 읊나니
길은 구름이 덮인 산으로
깊이 접어들어도 싫지가 않다
수없이 꽃잎 날리는 봄 경치
분명 느낌이 있지만
또 한 해의 봄도 다 지나가니
마음이 두렵구나.
맑은 샘물이 졸졸졸 흘러
푸른 돌을 씻어 내고
향기로운 안개가 부슬부슬
멀리 숲에서 피어오른다.
산야승과 더불어
높은 안목에 대해 이야기하니
이 같은 유람은
분명 예나 지금이나 없었으리

倚鞍孤肅發長吟　　行入雲山不厭深
萬點花飛應感物　　一年春盡又驚心
晴泉浙瀝漱蒼石　　香霧靡微生遠林
說與野僧高看眼　　茲遊無古定無今

# 박연폭포

朴淵 - 허침

허공을 가로지른 푸른빛의
천만 개 봉우리
하나하나 깎아내어 놓은
황금빛 부용 같구나.
철 항아리 깊숙하게
맑은 유리를 담은 듯
옥빛 협곡에
은하수를 기울여 쏟아놓은 듯
튀는 구슬, 뿜어내는 옥
어지러운 포말들이 뒤따르고
햇빛과 자줏빛 전광이
어지러이 서로 끌어당긴다.
금고琴高1)와 함께
어룡魚龍을 타고자 하여
한 번 웃으며 공중에 매달려
흐르는 물줄기를 손으로 친다.
알쾌라.
조물주가 요괴妖怪를 누설하여
속이 좁은 아이들을
놀래키려고 함인 줄
종전의 우물 안 개구리
허튼 자랑 말거라
술독의 초파리가

---

1) 『열선전(列仙傳)』에, 금고(琴高)는 조(趙)나라 사람으로 거문고를 잘 탔었으며, 제자들과
   용(龍)의 아들을 잡으려고 물에 들어가 잉어를 타고 나왔다가 다시 물에 들어갔다 한다.

뚜껑 활짝 젖혔다.
평생토록 내 눈만 믿고
남의 말은 믿지 않았으니
여산의 폭포가 승경이라는 말도
냉큼 동조할 수 없구나.
그 당시 왕이 탄 수레가
수없이 오고가던 곳
고목나무가 울창하게 우거져
찾기가 어렵구나.
시야에서 사라진 새
무턱대고 찾으며
머리 돌려 지난 일을 회고하려니
구름만 한가로이 흘러간다.
가슴 속엔 노래하여 읊은 것을
다 말하지 않았으니
어떻게 하면 적선謫仙2)을
불러들여 따라 놀 수 있을까?

113

橫空積翠千萬峯　　一一削出金芙蓉
鐵瓮深貯玻瓈清　　玉峽倒注銀河傾
跳珠噴玉隨亂沫　　日光紫電紛相掣
欲與琴高騎魚龍　　一笑拍浮懸流中
周知眞宰淺精怪　　驚倒胖兒心月隘
從前坎蛙莫謾誇　　發覆醯難欣一快
平生信目不信語　　未必廬山遽如許
當時玉輦經行地　　古木蒼藤迷處所
眼窮飛鳥寄冥搜　　回頭往事雲悠悠
胸中有詩道不盡　　安得喚取謫仙相追遊

2) 중국 당(唐)나라 때, 시인인 이백(李白)을 가리킨다.

# 박연폭포

朴淵 – 성현

천마天磨와 성거聖居 두 산은
하늘 높이 솟아있고
청산 앞
양쪽 절벽은 마치 깎아지른 듯
만 길 높은 절벽에는
붉은 안개가 엉켜있고
날아갈 듯한 샘물 한 줄기
허공에 매달려 있다.
마치 백룡이 내려와
냇물을 마시는 듯
햇볕이 반사되어
넘실넘실 황금빛으로 그리마진다.
호탕한 소리가 바위에 부딪쳐
하얀 실을 토해내고
구름 없는 낮에도 번개가 치고
맑은 날에도 비가 내린다.
알 수 없구나.
조물주가 누구에게 화를 내는지
분명 천공을 시켜서
귀신의 도끼를 빌린 솜씨이다.
오랜 세월

진애塵埃 속을 내달리는데 골몰했으니
오늘은
경승지를 기분 좋게 구경하리라.
나무에 기대어 읊조리는데
시원함이 옷소매에 가득하고
바람이 한 번 불어오자
수만 가닥 푸른 물결이 춤을 춘다.

天磨聖居高插天　　兩崖斗絶靑山前
崖高萬丈凝紫煙　　飛泉一派空中懸
彷彿白龍下飮川　　日色倒射金蜿蜒
豪聲觸石瀉銀縷　　無雲而雷晴亦雨
不識造物爲誰怒　　應借天工憑鬼斧
長年汨沒走塵埃　　今日名區欣快覩
依樹沈吟涼滿襟　　一陣風來萬綠舞

# 박연폭포

朴淵瀑布* - 성현

천마산과 성거산
두 산의 어귀
쪼개 놓은 듯한 벼랑에
푸른 창을 만들었네.
천 년 석굴엔
뱀이 구불구불 서려있고
맑은 연못의 물
깊고도 검푸르다.
만 길의 언덕을
날아갈듯 곧바로 떨어지고
밝은 대낮의 우렛소리
바위 밑에서 울어댄다.
태초부터
은하수가 허공에 드리운 듯
자세히 보니
흰 뱀들이 산을 감고 내달린다.
10리 밖까지 이슬비에 젖어
하늘은 한참 어둡고
튀어 오르는 포말은
숲속까지 흩뿌린다.
'이곳의 경치 천하의 절경'이란 말

---

* 이 시는 『유송도록(遊松都錄)』에는 실려 있지 않고, 『허백정집(虛白亭集)』에 실려 있는
  것을 전재함.

옛부터 들었거니

오늘 찾아와 구경하니

흥취가 더욱 많아진다.

어떻게든 이공린[1] 같은 화가를 구해

모두 다 그려서

높은 당위에 걸어 놓고

나머지 벽은 모두 비워 놓으리.


| 天磨聖居兩山口 | 崖峽剖判排翠㟴 |
| 千年石窟藏蛇蜒 | 潭水澄澄深更黝 |
| 飛流直下萬丈岡 | 白日驚雷巖底吼 |
| 初如銀河半空垂 | 熟視素蛇繞山走 |
| 十里濛濛天正陰 | 跳珠濺沫灑林藪 |
| 舊聞此景天下奇 | 今日來遊更多趣 |
| 盡圖安得龍眠手 | 掛向高堂素壁右 |

1) 이공린(李公麟) : 일명 용면거사(龍眠居士)라고 하며, 만년에 용면산에 은거한 송(宋)나라 때의 문인화가.

# 박연폭포

朴淵 - 성세명


산은
우뚝하게 솟아
층층구름을 뚫고서
하늘에 닿았다.
놀랍게도 그 속에 물줄기가
시끄럽게 떨어지고
천길 직벽 아래엔
이무기굴이 있다.
분함을 머금고 성냄을 토하는 듯
기세가 우렁차고
마른벼락이 갑자기 치자
하늘이 찢어진다.
만 길이나 되는 물줄기는
끊어지지 않고
튀는 물결 어지러운 포말이
공중에서 사라진다.
처음에는 검광劍光이
하늘에 기대어 서있는가 했더니
다시 공중의 무지개가
내려와 계곡 물을 마시는 듯
천상의 은하수가

넘치는 것이 아니라면

분명 서하의 둑[1]이

터진 것이리라.

나는 이곳에 와서

가슴속을 씻어내니

신령한 바람이

재빠르게 몸에 돌 침을 놓는다.

사람들은 말하기를

"돌구멍 속에 용이 있어

여의주를 앉은 채

오래도록 꿈틀거리며 숨어있다"고 한다.

어떻게든 훔쳐서

내 손안의 표주박으로 삼아서

비를 고르게 내려줘

공전公田과 사전私田을 풍년들게 하리.

| | |
|---|---|
| 有山巍巍高突兀 | 插入層宵雲一抹 |
| 中有驚湍飛聒聒 | 懸崖直下蛟螭窟 |
| 含嗔泄怒聲勢豪 | 晴雷忽動中天裂 |
| 千尋萬丈注不斷 | 跳波亂沫空中撒 |
| 初疑劒光倚天立 | 復以飛虹來飮澗 |
| 不是天上銀河溢 | 定應西河瓠子決 |
| 我來到此盪心胷 | 靈飆歘霍砭肌骨 |
| 人言石竇有龍公 | 抱珠久蟄蜿蜒蹤 |
| 何由盜取手中瓢 | 雨公及私田野豐 |

1) 중국 호남성(湖南省)의 복양현(濮陽縣)의 북쪽에 있는 제방.

# 박연폭포 1

朴淵 一 - 조위


두 산은 아득히 높아

파란 산 기운이 이어지고

한 줄기 물이

가늘게 하늘로부터 내려온다.

하얀 실 같은 물줄기

곧바로 깎아지른 절벽으로 떨어지고

긴 무지개는

흐르는 샘물 마시려 거꾸로 매달려 있다.

운문산雲門山을

어떻게 하루에 헤아릴 수 있나?

천 년의 여산廬山

단지 부질없이 전해온다.

평생토록 두고 살펴도

일찍이 보지 못했으니

부질없이 시구詩句를 남겨

구름에게 답해본다.

兩山迢遞翠微連　　一水源從小有天
素練直垂磨峭壁　　長虹倒掛飮流泉
雲門當日那堪數　　廬岳千年只浪傳
着眼平生曾未見　　空留詩句答雲煙

# 박연폭포 2

朴淵 二 - 조위

시계 밖 청산은
구천九天에서 내려왔거니
마치 바가지가
허공에 매달린 듯
악시惡詩로는
장차 서릉徐陵[1]을 조롱 말라.
미구美句는 오늘날
누가 이백李白을 이을 수 있겠는가?
수많은 눈서리가
가루되어 흩날리고
때때로 뇌우雷雨가
용연靈淵에서 일어난다.
요즈음 세상은
가뭄으로 걱정이니
신룡神龍에게
긴 잠에서 깨라고 말하리라.

界破靑山下九天　　怳如瓠子半空懸
惡詩且莫嘲徐子　　美句今誰繼謫仙
無限雪霜飛亂沫　　有時雷雨起靈淵
于今下土方憂旱　　說與神龍莫久眠

1) 서릉(徐陵, 507-583)) : 중국 남조 진(陳)의 문학가. 자는 효목(孝穆)이고, 궁체시(宮體詩)의 대표적인 한 사람이며, 『옥대신영(玉臺新詠)』을 편찬하였다.

# 박연폭포

朴淵 - 채수

조물주의 신비한 솜씨
또한 장엄하도다.
골짜기 하나가 텅 비어
마치 하늘을 열어놓은 듯
봉황의 날개 같은 산
개인 날에는 오히려 반짝이고
용이 깃든 연못은
푸른빛을 띠며 소용돌이친다.
천길 푸른 절벽엔
하얀 실타래가 매달려 있고
십리 붉은 물안개 속에선
거대한 우레 소리를 토해낸다.
한가한 나그네는
이로부터 크게 시흥詩興이 일어
온종일 건너는 이 없는 징검다리를
혼자서 오간다.

造物神功亦壯哉    谽谺一洞若天開
山如鳳翥晴猶潤    水到龍淵碧更洄
翠壁千尋懸素練    丹霞十里吼驚雷
幽人自是多詩興    終日空矼獨往來

# 박연폭포

朴淵 - 안침

절벽을 타고 골짜기를 넘어
산문山門에 이르니
한 줄로 떨어지는 물줄기가
마치 물병을 뒤집어 놓은 듯[1]
옥으로 만든 국자를
누가 높은 곳에서 깨트렸는지
천둥소리는
빗속에서만 들을 수 있는 것이 아니네.
뿜어져 눈처럼 하얀 물결
하늘로 이어져 하얗고 되고
떨어져 차가운 물이 되어
밑바닥까지 시퍼렇구나.
수많은 동굴들은
영롱한 물안개가 자욱하니
여산廬山만이 천하명승이란 말
독차지 할 수 없다네.

穿岩越壑到山扃　　一脈飛湍若建瓴
玉斗誰從高處擊　　雷車未必雨中聽
噴成雪浪連天白　　來作寒濡徹底青
萬竅玲瓏烟靄足　　廬山不獨擅佳名

---

1) 『사기(史記)』「고조본기(高祖本紀)」에, '건령(建瓴)'은 "譬猶居高屋之上, 建瓴水也"에서
　나온 말로 병속의 물을 뒤집어 높은 곳에서 아래로 쏟아 놓는 것을 말한다.

# 관음굴 앞 냇가에서 밤에 술을 마시며

觀音窟前溪夜飮* - 허침

천마산은 매우 깊어
그 깊이가 얼마나 되는지?
골짜기마다 이내가 피니
신비롭게 음우陰雨가 내리는 듯1)
푸른 절벽엔
태초부터 있던 신선의 굴
조물주가 어느 하루아침에
번뇌로 만든 벼락의 흔적

돌무더기를 등지고
절집은 펼쳐 있고2)
지붕과 금벽들은
모두 휘황찬란하네.
몸을 굽혀 홍몽3)을 보며
천지의 원기를 만질 수 있으니
분명 밤기운은
높은 다락의 들보에도 깃들어 있으리.4)

124

 하늘과 땅 사이에 머리를 돌려 일소一笑를 붙이며, 난생 처음이라 적
성은 높이 솟아있고, 돌다리가 끊긴 곳이 분명 신선이 사는 곳이지,
인간이 사는 곳이 아니라 두려웠다. 두루 구경 하는데 달이 서쪽으로
기울자, 짝을 지어 시냇가 돌 위에 앉았다. 유하주流霞酒로 나의 속을

* 이 시는 일본의 천리대(天理大) 도서관본(국립도서관 국외 유출 고문서)에는 있으나,
  충남대 도서관 소장본에는 '낙장(落張)'이 되어 있다.
1) 이 구에서 탈락한 한자는 의미상 '擊'을 넣어 풀이한다.
2) 이 구에서 탈락한 한자는 의미상 '背'를 넣어 풀이한다.
3) 홍몽(鴻濛) : 천지자연의 원기
4) 이 구에서 탈락한 한자는 의미상 '澆'를 넣어 풀이한다.

씻어내고 맑은 샘물로 나의 발을 씻었다. 마음 내키는 대로 끝까지 다 놀아보고, 그윽한 승경에서 내 마음이 상쾌해지는 것을 기약하리라.

잠시 후 상서로운 빛이
상운을 몰아가니
높은 봉우리에 떠오르는 달이
마치 유리분이 솟아오른 듯
푸른 넝쿨로 뒤덮인 산
마치 씻어낸 듯 깨끗하고
금빛 물결 넘실넘실
밝고 깨끗한 술동이인 듯

중랑中郎5)의 무릎 위에 놓인
초미금焦尾琴6)이
바람이 솔솔 나불대자
희미한 소리가 들린다.
밤에 잠든 학이 놀라
맑은 울음소리를 내고7)
아주 작은 올챙이가
어찌 괴로이 찾아와 슬프게 읊조리나?

   길게 읊조리며 즐기는 것이 반도 끝나지 않았는데, 술잔을 주고받은 것이 헤아릴 수가 없었다. 취한 뒤 붉고 푸른 옷을 입은 서생들이 뒤엉켜 일어나 춤을 추니 꽃그림자도 서로 너울거렸다.

괴이함 속에서도 정신은 상쾌한데
모골이 시려오고

5) 양계(兩界) 지방의 지방군을 다스리던 무관 벼슬.
6) 『후한서(後漢書)』「채옹전(蔡邕傳)」에 "오(吳)나라 사람이 오동나무로 불을 때는 자가 있었는데, 채옹이 불타는 소리를 듣고 그것이 좋은 재목임을 알았다. 그래서 그에게 타다 남은 것을 청하여 거문고를 만드니 과연 아름다운 소리가 났다."에서 유래한 말로 '타다 남은 것으로 만든 거문고'인 '초미금(焦尾琴)'이라고 하였다.
7) 이 구에서 탈락한 한자는 의미상 '覺'을 넣어 풀이하였다.

125

새벽을 알리는 쇠북 치는 것도 모르고
오히려 시끄럽게 떠들었다.
밝은 달 아래 바삐 서둘러
산 아래 길로 들어서니
황홀한 요대의 꿈이라는 것을
단번에 깨달았다.


天磨山深深幾許　萬■烟霞秘陰雨
蒼崖終古有神窟　一朝造物煩雷斧

■向雲根開上方　舻稜金璧爭輝煌
俯視鴻濛撫一氣　分明沅■棲層梁

回頭兩儀間一笑　破天慳赤城高起　石橋斷 定是仙界 非人寰 周遊月
欲落 偶坐溪邊石 流霞洗我肝 清泉濯吾足 窮探恣嬉戲 幽勝愜心期

須臾瑞色驅祥雲　危峯月湧玻瓅盆
碧羅天淨山如洗　金波瀲灩淨淸樽

中郎膝上焦尾琴　剛風宛轉生徽音
夜鶴驚■發淸唳　幽蚪何苦來悲吟

長嘯樂未半 擧爵知無算. 醉後 紅綠生縜起舞 花影相凌亂

怳底神淸骨欲凍　不知晨鼓猶喧闐
明月匆匆山下路　恍然一覺瑤臺夢

# 관음굴 앞 냇가에서 밤에 술을 마시며

觀音窟前溪夜吟* - 조위

짚신 신고
짙푸른 험준한 산을 오르니
절집은 조용히
안개 속에 갇혀있다.
밤은 찬데
연못 속의 교룡蛟龍은 춤을 추고
달이 뜨자
나무 위의 학은 놀라 날개를 퍼덕인다.
온 천지의 산 빛은
푸르게 술잔 위에 떠 있고
개울 건너 솔바람 소리는
금으로 수놓은 이불 속까지 들린다.
다리 위에서
서로 모를 만큼 취하여
산발하고 미친 듯 노래 부르며
돌아갈 줄 모른다.

관음사 경내를 비추는
오늘밤 달
평생 이처럼 신기한 줄
미처 몰랐다.


* 『매계집(梅溪集)』에는 협주(夾註)로 '濯髮淸歌未擬歸'가 있다.

시냇물에 일렁이는 산 그림자는
은하수 밖까지 흔들리고
희미한 생황소리에
학은 요지에 내려앉는다.
낭랑하게 읊조리다
문득 진기塵機가 다함을 깨닫고
마음껏 취하여
춤사위가 더디어도 어찌 방해되리.
바빴던 십 년 세월
부질없이 오갔나니
이러한 유람을
속인俗人들은 모르게 하리.


芒蹻崎嶇步翠微　　寶坊蕭洒鎭烟霏
夜寒潭底潛蛟舞　　月上林梢警鶴飛
滿座山光浮綠罫　　隔溪松韻入金徽
相忘一醉橋頭石　　散髮狂歌未擬歸

觀音寺裏今宵月　　未信平生有此奇
激灩溪山動銀闕　　依俙笙鶴下瑤池
朗吟徒覺塵機盡　　兀醉何妨舞袖遲
十載奔忙空役役　　玆遊莫遣俗人知

128

# 관음굴 앞 냇가에서 밤에 술을 마시며
觀音窟前溪夜飮 – 채수

깊고 깊은 골짜기라
속세의 작은 먼지 하나 없고
숫돌 같은 하얀 바위는
백여 사람이 앉을 만하다.
굽이굽이 계곡물은
패옥이 부딪치는 소리를 내고
둥글둥글한 하얀 달은
빙륜이 굴러가듯 흐른다.
술상이 어지럽게 낭자한 밤도
거의 끝나가고
화초가 맑은 향기를 내뿜는
늦봄도 막바지구나.
크게 취하여 호탕하게 노래 부르니
큰 흥취가 일고
함께 손잡고 일어나 춤을 추니
또한 천진난만해지는구나.

深幽洞壑絶纖塵　　白石如砥坐百人
曲曲溪流鏘玉佩　　團團皓月轉氷輪
杯盤錯落將殘夜　　花草淸香送晩春
大醉浩歌生逸興　　相携起舞亦天眞

# 관음굴 앞 냇가에서 밤에 술을 마시며

觀音窟前溪夜飲* - 성현

천마산 자락
큰 숲에서
시인은 술잔을 잡고
밤이 깊도록 앉아있다.
나무마다 꽃비가 내려
취한 눈을 어지럽히고
하늘에서 부는 바람이
속세의 먼지 묻은 옷을 씻어준다.
둥근 달이
황금색 전병처럼 높이 떠있고
만 겹의 봉우리가
푸른 옥비녀처럼 휘감았다.
그대여
거문고를 힘써 켜지 마라
연못 속에 수룡水龍이
신음하고 있을까 두렵다.

天磨山下大叢林　　對酒騷人坐夜深
滿樹飛花迷醉眼　　半空靈籟滌塵襟
孤輪月聳黃金餠　　萬疊峯回碧玉簪
莫把繁絃勤一抹　　潭中恐有水龍吟

* 성현(成俔)의 『허백정집(虛白亭集)』에는 제목이 '觀音窟前溪 對月飲酒'라고 되어 있다.

# 관음굴

觀音窟* - 성현

산을 찾아 갔다가
우연히 백운 속을 나오니
오래된 절간은
몇 번이나 흥망을 겪었나?
낙엽 쌓인 황량한 돌계단에
나그네가 처음 이르고
소용돌이치며 흐르는 물은
가을이라 더욱 맑구나.
한산韓山1)이 지은 기문은
옥으로 장식한 방에서 반짝이고
부처는
말없이 옥등을 마주보고 있다.
세상사란 뜬구름 같으니
무엇을 묻겠느냐마는
또 다시 창문을 열어보며
남아있는 스님을 찾아본다.

尋山偶出白雲層　　寺古年深幾廢興
落葉荒階初客到　　盤渦流水更秋澄
韓山作記輝璇宇　　大士無言對玉燈
世事浮雲何足問　　竹牕時復訪殘僧

* 이 시는 『유송도록』에 실려 있지 않으며, 성현의 시문집인 『허백정집』에서 전재한 것이다.
1) 한산은 고려시대 문신이며, 학자인 이색(李穡)을 가리킨다. 이색의 본관이 한산이다.

# 관음굴 앞 냇가에서 밤에 술을 마시며

觀音窟前溪夜飮 - 안침

유람 온 나그네들은
하나같이 문장가들
절간에 찾아드니
모두들 옛 생각이 깊어만 간다.
천 길을 날아 흐르는 물
마치 흰 비단을 내려놓은 듯
수레바퀴같이 둥근 명월이
가슴속을 상쾌하게 한다.
높은 산위엔 연주자가 있어
때때로 거문고를 퉁기고
유상곡수流觴曲水하는 사람들은
모두 다 벼슬아치들이다.
취한 후 울고 흐느끼며
서로 베개 삼아 누워서는
끝없는 청흥에 취해
제멋대로 읊조린다.

遊人——出詞林　　尋入招提古意深
千尺飛流垂素練　　滿輪明月爽胸襟
高山有操時鳴瑟　　曲水傳觴此盍簪
醉後鳴鳴相枕藉　　無邊淸興屬狂吟

# 관음굴 앞 냇가에서 밤에 술을 마시며

觀音窟前溪夜飲 - 성세명

구름 낀 만 겹의 산들이
푸른 하늘을 가로 막아 있고
숲속을 지나는 조붓한 길이
절간에까지 이어져 있다.
바람결에 전해지는 시냇물 소리는
거문고 소리로 들리고
달빛에 비친 꽃가지는
물에 잠겨 더욱 붉게 보인다.
골 안 가득한 산안개 빛은
명암明暗이 옅으며
연못에 드리운 솔 그림자는
푸르게 아롱졌다.
모두 취한 채
제멋에 겨워 너울너울 춤을 추고
웃고 떠들면서
아득히 산안개 속의 절집을 찾아든다.

萬疊雲山障碧空　　窄林小逕繞琳宮
風傳溪響當琴咽　　月照花枝蘸水紅
滿谷嵐光晴暗淡　　落潭松影綠玲瓏
醉來自作婆娑舞　　笑入招提杳靄中

# 운거사

雲居寺 - 안침

천마산을 두루두루 유람하려고
걸어서 운거사를 찾아들었다.
천석泉石은 보아도 싫지가 않고
산언덕은 그림으로도 그릴 수가 없구나.
시를 읊다 지치면, 다시 낮잠을 자고
도시락을 봄나물에 비벼 먹는다.
해 지자 송도로 다시 돌아오는데
시심詩心을 절룩이는 나귀에 붙인다.

天磨遊翫遍　　步屧入雲居
泉石看無厭　　崗巒畵不如
行吟和午睡　　野飯雜春蔬
落日還城郭　　詩情在蹇驢

134

# 운거사

雲居寺 - 허침

아득히 갈마드는 산언덕은 하나로 합쳐지고
풀이 무성한 골짜기는 안쪽이 활짝 트였다.
푸른 산 빛은 멀리 들판에까지 뻗치고
꽃 그림자는 서늘한 누대에 너울댄다.
절간이 오래되어 삼생석三生石이 남아있지만
내 마음은 깊숙이 한 치의 재로 남는다.
피곤하여 단잠을 이루었으니
돌아가는 길, 나귀를 재촉하지 마라.

迢遞岡巒合　葽迷洞府開
嵐光沈遠野　花影動凉臺
寺古三生石　心冥一寸灰
困來成短夢　歸騎莫相催

135

# 운거사

## 雲居寺 - 조위

절름발이 나귀 타고 운거사 찾아 나선 길
푸른 숲을 지나 산촌山村을 찾아간다.
황량한 옛 절은 숲 속에 자리 잡고 있는데
졸졸졸 찬 샘물이 돌에 부딪쳐 시끄럽게 흐른다.
불기 없는 화로엔 푸른 연기가 실처럼 피어오르고
비 갠 후라 꽃기운이 채색한 담장에 가득하다.
피곤하여 잠시 갈자리 펴고 눈을 붙였는데
이미 아침 해가 따뜻하게 비추는지도 몰랐다.


瘦策蹇驢恣踏雲　行穿翠密度山村
荒涼古寺依林住　淅瀝寒泉得石喧
火冷篆煙飄碧縷　雨晴花氣滿彤垣
困來暫着蒲團睡　不覺朝暾已晏溫

# 운거사

雲居寺* - 성현


절집은 골짜기 안에
영롱하게 하늘 높이 서있고
이무기 같이 꼬불꼬불한 작은 길은
산꼭대기까지 이어져 있다.
시들다 남은 붉은 꽃망울은
꽃가지에 흉하게 매달려 있고
연초록 빛 강물엔
나무그림자가 한쪽으로 기울고 있다.

좌선하던 스님은
노루꼬리 털로 자리를 털고 앉고
방안 가득한 서생들은
팔베개를 하고 누웠다.
아무리 피곤하여도
술 마신 후의 갈증을 견딜 수 없어
바위 틈 한 줄기 샘물을
찾아가서 마신다.


紺宇玲瓏洞裏天　小蹊如蟒傍山顚
殘紅襯纈花枝亞　嫩綠侵江樹影偏

面壁闍梨揮麈坐　滿堂措大枕肱眠
困來不耐飮唇渴　往酌巖間一派泉

* 성현(成俔)의 시 가운데 『유송도록』에는 실려있지 않으나 그의 문집인 『허백정집』에는
   같은 제목의 시가 있다. 시의 내용은 아래와 같다. 山圍四面翠崢嶸, 雲樹中間一路平.
   梵宇忽開金狄座, 篆爐相對碧煙橫. 龍拖驟雨歸林麓, 僧坐虛堂誦佛經. 俗客不眠參白足,
   始知身世貴無生.

# 운거사

雲居寺 - 채수

고목나무 수천그루가
한 길가에 있고
드높은 절집은
찬 구름에 가려있다.
고상한 감정과 편안한 흥취는
원래부터 매임이 없는 것이니
명산대천을 찾는 일
이미 부지런히 하였다.
사공(謝公1)은 아량이
많다고 말하지 말라.
소부(巢父2)를 쫓아
떠들썩한 것을 멀리하고자 한다.
돌아오는 길 말머리에서
서로 시를 주고받으며
말고삐를 느슨하게 풀고 천천히 오는데
어슴푸레 땅거미진다.

老樹千章一逕分　　嵯峨金殿翳閑雲
高情逸興元無累　　訪水尋山亦已勤
休道謝公多雅量　　欲追巢父遠嚚紛
歸來馬上相酬唱　　緩轡徐行日欲曛

1) 사령운(謝靈運, 385~433) : 중국 6조시대(六朝時代)의 산수 자연시인으로 대표적인
   시로는 〈등지상루(登池上樓)〉·〈초거군(草去郡)〉·〈세모(歲暮)〉 등이 있으며, 불경을
   깊이 연구하여 『대반열반경(大般涅槃經)』을 번역하기도 했다.
2) 소부(巢父) : 중국 고대(古代)의 고사(高士), 요(堯)임금이 그에게 나라를 맡기고자 하였
   으나 이를 거절하고, 속세를 떠나서 기산(箕山)의 나무 위에서 살았다고 한다.

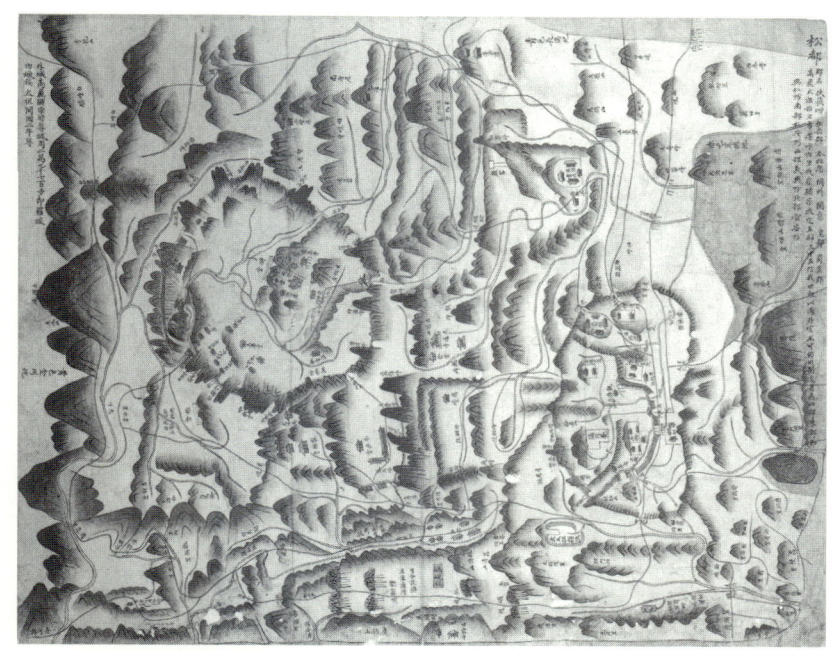

상 ▶ 해동지도 경기도 송도
하 ▶ (좌)광역도 경기도 개성부 (우)여지도1권 송도

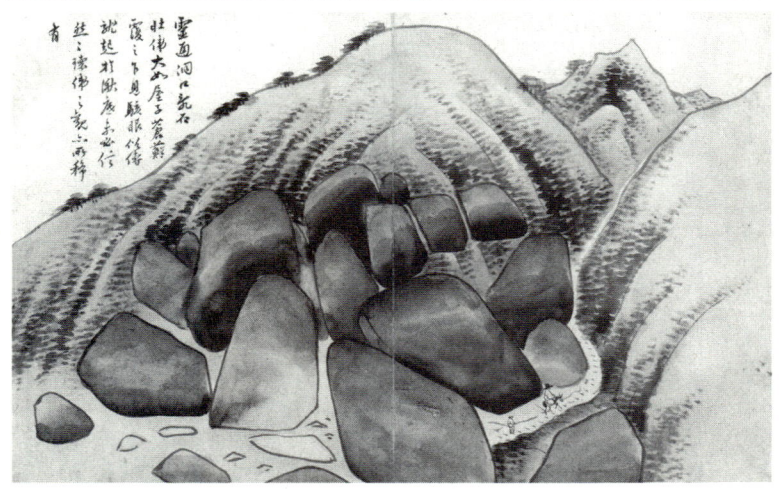

상 ▶ 강세황의 송도기행첩 중 화담
하 ▶ 강세황의 송도기행첩 중 영통동구

상 ► 영통사 앞 계곡바위. 오관산영통동이라는 글이 새겨있다.
하 ► 복원된 영통사 전경

상 ▶ 복원 전의 영통사 삼층석탑과 오층석탑
하 ▶ 복원 후의 영통사 삼층석탑과 오층석탑

143

상 ▶ 영통사 대각국사비 정면과 측면
하 ▶ (좌)당간지주 (우) 경천사10층석탑

# 화담

花潭 - 허침

저녁나절 성의 동쪽 길을 향해 오르며
간간히 비 끝에 부는 바람을 쐰다.
자신을 위한 대책은 없어도
두 다리는 말짱하다고 자랑할 만하구나.
해묵은 바위는 하늘을 떠받치며 푸르고
무성한 꽃들이 물에 잠겨 붉구나.
언젠가 관복을 털고 떠나
이 산속에 들어와 늙고 싶구나.


晩向城東道　　間乘雨後風
謀身無才策　　濟勝有全功
石老擎天碧　　花繁蘸水紅
何時拂衣去　　投老此山中

## 화담

花潭 – 조위

비 끝이라 여울은 세차게 흐르는데
화담은 깊고도 또한 맑구나.
잔잔한 수면은 스님의 눈처럼 파랗고
잔물결은 오리 머리털처럼 푸르구나.
바위 절벽에는 숨겨진 꽃잎이 떨어지고
산등성이에선 곱게 채색한 장끼가 운다.
애오라지 속세에 찌든 먼지는 씻을 수 있으리니
길게 읊조리며 맑고 아름다운 화담을 굽어본다.


雨後湍流急　　花潭深更淸
靜涵僧眼碧　　細皺鴨頭靑
石岸幽花落　　山梁彩翟鳴
塵纓聊可濯　　長嘯俯淸令

145

# 화담

花潭 – 안침

화담의 물빛은 풀빛보다 푸르고
졸졸졸 옛길 따라 흐른다.
물은 맑아서 가을 달빛을 잠기게 하고
가벼이 떨어진 꽃잎의 향기를 띄운다.
고붓한 산기슭은 푸른 상투를 튼 듯하고
평평한 바위는 마치 백옥 평상인 듯
하늘과 땅, 굽어보고 올려다보노라니
시흥詩興을 온전히 사라지게 하는구나.


潭水碧於草　　澄澄古道傍
淨涵秋月色　　輕泛落花香
亂岫青螺髻　　平岩白玉床
乾坤成俯仰　　詩興欲全往

# 화담

花潭 - 채수

시냇가엔 반석
그 옆엔 산문
냇가의 천길 절벽은
노하여 달아날 듯
맑고 깊은 연못은
봄비가 개인 후라 한결 고요하고
봄이 깊어가자
온갖 꽃들이 흐드러지게 피었다.
고금의 유람객들
모두 어디에 있느뇨?
밤낮으로 긋지 않고 흐르는 물만
온종일 다투듯 흐르는구나.
아아! 부끄럽구나.
속진俗塵의 옷도 아직 벗지 못한 채
자연에 돌아와 살 계획도 없으면서
참된 근원만 묻는 것이

溪邊盤石傍山門　　溪上懸崖怒欲奔
雨後澄深一潭靜　　春深爛熳百花繁
古今遊賞人何在　　日夜爭流水自喧
自愧塵襟猶未脫　　林泉無計問眞源

## 화담

花潭 - 성현


푸른 산은 마치 그림 같아
간간히 맑은 이내가 피어오르고
바위에 부딪히며 흐르는 샘물이
작은 연못으로 떨어진다.
눈앞에 펼쳐진 신기한 경관을
못내 아쉬워하고
자주 말을 멈추라 한다며
마부는 내게 투덜거린다.


碧山如畫間晴嵐　　觸石鳴泉落小潭
滿眼奇觀深不足　　僕夫嗔我屢停驂

# 추암

### 皺巖 - 채수


구름 낀 숲속 자갈길

길은 험하지만

때때로 경치 좋은 곳을 만나면

또 다시 머뭇거린다.

시냇가 바위 절벽은

단청한 듯 윤기가 흐르고

말머리 같은 산봉우리들은

창칼로 끊어 놓은 듯

흥이 넘쳐

느릿느릿 눈길을 뚫고 가는데

봄나들이에

어찌 통술 싣고 찾아가지 않으랴.

채찍을 휘두르며

다시 영통사를 향해 가면서

갑자기 연하동 골짜기가

드넓다는 것을 깨달았다.

| | |
|---|---|
| 碑确雲林行路難 | 時逢佳處又盤桓 |
| 溪邊石壁丹青潤 | 馬首峯巒劍戟攢 |
| 乘興謾傳衝雪去 | 探春那似載壺看 |
| 揮鞭更向靈通去 | 陡覺煙霞洞府寬 |

# 추암

皺巖 - 허침

자하동 골짜기는 깊숙이 막혀있어
속세의 진애塵埃가 끊기고
두 눈에 가득한 운산은
마치 비취를 쌓아 놓은 듯
바람결에 실려 온 들꽃이
푸른 물결 위에 떠있고
햇볕에 그을린 바위엔
푸른 이끼가 자란다.
해마다 자갈길에서
소등만 타보다가
오늘은 두렵지만
말을 타고 왔다.
눈이 내리고 게다가 비까지 내려
길을 예측하지 못했지만
모두들 뜻하지 않게
시의 재료를 찾게 되었다.

洞天深鎖絶氛埃　　滿眼雲山翠作堆
風送野花浮綠水　　日烘巖鑐長蒼苔
當年碑碻騎牛處　　此日凌兢跨馬來
不計雪中兼雨後　　偶然同爲覓詩材

# 추암

## 皺巖 – 안침

인걸人傑은 사라졌지만, 추암은 여전히 남아있고
봄이 오자 눈 내리는 하늘도 이미 개었구나.
앞동산에선 송아지 모는 소리가 들리는데
가던 말 세우고 쌍명재1)를 추억한다.


人去岩猶在　　春來雪已晴
前坡聞叱犢　　立馬憶雙明

151

---

1) 이인로(李仁老, 1152~1220) : 자는 미수(眉叟)이며, 호는 쌍명재(雙明齋)이다. 정중부(鄭仲夫)의 난 때 머리를 깎고 절에 들어가 난을 피한 후 다시 환속하여 우간의대부(右諫議大夫)를 역임하였다. 시문과 글씨에 특출하였으며, 저서로『은대집(銀臺集)』,『후집(後集)』,『쌍명재집(雙明齋集)』,『파한집(破閑集)』등이 있다.

# 추암

### 皺巖 - 조위

해마다 소등 타고
새로운 시구를 찾았는데
눈 덮인 산봉우리는
마치 백옥으로 둘러싼 듯
서글프게도
이제는 쌍명재雙明齋는 보이지 않고
반암半岩엔 꽃비가 내려
꽃잎만 흩날린다.


當年牛背覓新詩　　雪擁峯巒白玉圍
悃悵雙明今不見　　半岩紅雨落花飛

# 추암

皺巖 - 성현

쌍명재의 옛 자취
아득히 흔적조차 없는데
추암의 여기저기엔
철쭉만 꽃망울을 붉힌다.
소등 타고 시를 읊조리며
눈길을 가고 있으니
언제쯤이나 술을 싣고
봄나들이 갈 수 있으려나?


雙明往事渺無蹤    巖壑參差躑躅紅
牛背吟詩乘雪去    何如載酒對春風

# 영통사에서

靈通寺次壁上韻 – 조위


들쑥날쑥한 산봉우리가
옛 절을 휘감아 앉고
수목은 지엽이 무성하여
그늘을 만들었다.
사대四大1)는 어휘가 은미하여
붉은 태양 곁에 있고
삼생三生은 돌길 같아
백운白雲 속에 있다.
또한 속객俗客이라 미래와 과거를
참구參究할 수 없지만
다만 소인騷人에게
고금을 이야기하게 한다.
눈앞에는
반쯤 무너진 귀부龜趺가 보이지만
인간 세상은
겁화劫火에 몇 번이나 사라졌나?


亂山環擁古祇林　　樹木扶疏結暝陰
四大語微紅日側　　三生石路白雲深
也無俗客參來往　　只許騷人話古今
眼見龜趺半零落　　人間劫火幾鎖沈2)


1) 사대(四大) : 불교의 용어로 세상의 만물을 이루는 근본이 되는 지(地)·수(水)·화(火)
　·풍(風)의 네 가지로 사람의 몸을 가리킨다.
2) 『매계집(梅溪集)』에는 '鎖'가 '消'로 되어 있다.

# 영통사에서

靈通寺次壁上韻 - 안침

어디엔가 먼 숲속에서
이따금 종이 울리는데
비바람에 쌓인 절집은
구름에 가려있다.
뜰 앞의 홀로 서있는 탑
돌들은 이미 늙었고
바위 언저리에 꽃이 지니
봄도 또 깊어간다.
한 줄기 샘물소리는
아침에도 저녁에도
오관산의 산 빛은
예나 지금이나
밤에 찾아와
스님과 함께 오래도록 이야기 나누는데
달은 서루西樓에 떠있고
누각의 그림자는 거꾸로 잠겨 있다.

何處疎鍾起遠林　　瀟條蘭若隔雲陰
庭前孤塔石已老　　岩畔落花春又深
一帶泉聲朝復暮　　五冠山色古猶今
夜來近永同僧話　　月上西樓影倒沈

# 영통사에서

靈通寺次壁上韻 – 허침

오관산 아래
절집 문을 찾아드니
산길은 안개에 갇혀
어둠속으로 뻗어있다.
벽에 그려진 부처님 그림 속엔
붉고 푸른빛이 펼쳐있고
고요한 가운데 축을 켜는 소리가
청랭한 소리를 쏟아낸다.
이 생활도 싫증이 나서
쑥 떨기처럼 떠돌기 시작하고
반평생의 부침에
깊이 취한 채 깨이지 않았다.
낮잠에 취해 해가 이미 저물었지만
돌아갈 의욕이 나지 않고
꿈결이라 추녀 끝에서
새가 울어도 들리지 않는다.

五冠峰下訪禪扃　　路繞烟霞入杳冥
格外畵圖開紫翠　　静中琴筑瀉清冷
此生落托蓬初轉　　半世浮沈醉未醒
睡到日斜歸意懶　　夢闌啼鳥隔風櫺

# 영통사에서

靈通寺次壁上韻 – 채수

영통사 찾아가는 길 고요하고도 깊어
질펀하게 내린 이슬에 신발이 젖는다.
산신령은 속객을 맞이하려는 듯
흰 구름이 돌아가는 길을 잠근다.

짙푸른 숲속의 절집
고적하여 속세의 밖에 있다.
고승은 이미 입정入定1)하여
일찍이 사대四大를 논할 수가 없구나.

서쪽의 누각은 아름다운 운치가 있고
깊숙이 흐르는 계곡물은 귀를 씻을 만하다.
찰나刹那에도 삼생三生을 이해했는데
하물며 생로병사를 묻겠는가?

| 山逕幽且深 | 薄露濕征屨 |
| 山靈欲邀客 | 白雲鎖歸路 |

| 禪宮隱翠微 | 寂寥塵世外 |
| 高僧已入定 | 不曾論四大 |

| 西樓有佳致 | 幽澗堪洗耳 |
| 彈指了三生 | 況問老病死 |

1) 입정(入定)은 그 의미가, ① 선정(禪定)에 들어감, ② 수행(修行)하려고 방안에 들어앉음, ③ 중이 죽음 등 있으나, 여기에서는 '중의 죽음'을 의미한다.

# 귀법사 옛터에서

歸法寺古基* – 조위

인간세상, 세월은 빨라
상전벽해가 몇 번이나 변했나?
절이 폐사되자 화전火田은 넓어지고
공산엔 저녁노을만 걸려있다.
유생들이 기예를 견주는 땅
깃 달린 임금 수레가 피난 떠나간 곳
지나간 일 이미 흔적조차 없으니
시냇가에서 서성이며 마음 아파한다.

人間歲月速　　碧海幾桑田
寺廢野燒遍　　山空夕照懸
青襟較藝地　　羽葆蒙塵年
往事已無迹　　傷心溪水邊

158

* 조위의 시문집인 『매계집(梅溪集)』에는 제목이 '歸法寺古基 在松都崔沖教授生徒之地'
　라고 되어 있다.

# 귀법사 옛터에서

## 歸法寺古基 - 허침

관서 땅에서 북을 치며
정예의 군사를 옹위하고
한 필의 말을 타고 남쪽으로 돌아오니
일은 이미 위태로워졌다.
십여 년 소의한식宵衣旰食[1]한 일이
한순간의 웃음거리가 되었고
아침 허기를 채울 한 소쿠리의 밥도
구할 수가 없게 되었다.

멍청한 아이들
예전에 이곳에서 놀았다던 이야기 듣고
물가 운막에서
온유함을 희악질 하였다.
정녕 흥망의 과거사를
묻지 마라
다만 청산이 수심을
불러낼까 두렵다.

關西擊鼓擁精師　匹馬南歸事已危
堪笑十年宵旰業　可無簞食救朝飢

聽說昏童舊此遊　水邊雲幕戲溫柔
丁寧莫問興亡事　只恐靑山喚作愁

1) 임금이 새벽 일찍 일어나 의관을 갖추고 조정에 들어 해가 진 뒤에 저녁밥을 든다는
　 뜻으로 정사(政事)에 부지런함을 뜻한다.

# 귀법사 앞 냇가에서 술을 마시며

飮歸法寺前溪 – 안침

쓸쓸한 마음으로 전왕조의 절터를 찾으니
황량한 절간에는 스님은 보이지 않고
엷은 구름이 가파른 절벽에 띠를 둘러놓고
외로운 달이 성긴 등나무 사이로 삐금 보인다.
비석돌은 갈라져 알아볼 만한 글자가 없고
이끼 낀 3층 석탑만 남아있다.
앞 시내는 봄철이라 여전히 좋아
바로 술 마시고 시를 지으며 놀 만하구나.

惆悵前朝寺　　荒凉不見僧
薄雲橫峭壁　　孤月漏疎藤
石裂碑無字　　苔斑塔數層
前溪春尚好　　詩酒政堪憑

# 귀법사 앞 냇가에서 술을 마시며

## 飮歸法寺前溪 - 성현


숯 고개 높은 고갯길엔
아직도 임금이 다니던 길이 남아있고
골짜기 깊은 곳엔
잠기어 있는 옛 절집
당시의 벼슬아치들이
몇 번이나 행락을 갔을까?
오늘의 봄경치가
부질없이 넋을 끊는다.
바위를 쓸어내고 시를 지으니
거친 이끼들이 떨어지고
흐르는 물에 발을 씻으니
성난 물결이 시끄럽다.
한 통의 술은 다하여도
시정詩情은 끝이 없나니
숲 사이로 들 빛이 어두워져도
겁낼 것이 없구나.

산발치엔 반석이 있고
반석 옆으로 계곡물이 흘러
계속해서 이어지는 호탕한 놀이가
진정으로 이루어졌다.
바로 수염을 치켜세우며

우스개 소리를 하고

내 맘대로 술을 권해도

방해되지 않으리.

평소에 오래도록

울타리 속의 갇혀 살다가

오늘에야 기쁜 마음으로

나무그늘 아래에서 쉬는구나.

세상만사

다만 오가며 즐길 따름이니

봄날의 경치가 다투듯

그대를 위해 남겨둔다네.


炭峴崎嶇御路存　　洞門深鎖舊祇園[1]
當時冠蓋幾行樂　　今日風光空斷魂
掃石題詩荒蘚破　　臨流濯足怒濤喧
一樽酒盡情無盡　　不怕林間野色昏

山前盤石石邊流　　取次眞成浪蕩遊
政欲掀鬚供笑語　　不妨隨意送航籌
平生久作樊中畜　　今日欣從檻下休
萬事只應行樂耳　　春光爭肯爲君留

1) 성현(成俔)의 문집인 『허백정집(虛白亭集)』에는 '鎖' 대신 '處'로 표기되어 있다.

# 귀법사 앞 냇가에서 술을 마시며

## 飮歸法寺前溪 – 조위

곡수曲水에 잔 띄워 술 마시며
해 저녁에 이르니
하늘 저편 푸른 산 빛이
옷에 젖어든다.
머무르며
저녁달을 기다리다
얼큰하게 취해
한가로이 그림자 데리고 돌아온다.


曲水傳觴到落暉    半空山翠濕人衣
留連擬待黃昏月    酩酊閑携隻影歸

# 동쪽 교외에서 사냥 구경을 하며
東郊觀獵 - 성현

구름같은 붉은 비단 장막
물가에 나란히 처져있고
말들은 방초<sup>芳草</sup>를 찾아
햇볕 드는 언덕 위에 누워있다.
태양은 작은 관목 숲에 기우는데
깃발은 어지러이 날리고
바람은 평평한 숲에 가득한데
북과 피리소리가 시끄럽다.
사슴이 놀라 그물에 걸려들자
사냥개들은 모여들고
꿩이 날아올라 덤불숲을 찾자
화살이 빗발친다.
좋은 볼거리도 이미 싫증이 나고
유자<sup>儒者</sup>의 고통도 다하여
사나운 말 고삐잡고 돌아오는 길
의기가 높아진다.

緹幕如雲並水涯　　馬尋芳草臥晴坡
日斜短麓旗旒亂　　風滿平林鼓角譁
鹿駭觸機黃耳集<sup>1)</sup>　　雉飛覓藪雪翎斜
壯遊已壓儒酸盡　　驤轡歸來意氣多

---

1) 성현(成俔)의 문집인 『허백정집(虛白亭集)』에는 '駭' 대신 '逸'로 표기되어 있다.

# 동쪽 교외에서 사냥 구경을 하며

東郊觀獵 – 안침

십 리 평평한 교외를
사냥을 위해 불태우고
새로 날이 개자
초목은 더욱 윤택해졌다.
따스한 바람이 불고 해가 뜨자
사냥 깃발이 처음으로 움직인다.
작은 풀 맑은 모래밭을
내달리는 말은 정히 씩씩하다.
노루를 물고 있는 누렁이의 어금니는
창끝보다 날카롭고
토끼를 쫓는 푸른 송골매의 발톱은
칼날보다 날카롭다.
구경하는데 빠져
해 저문 것도 모르고
잡아온 짐승들을 보고 환호하자
기상이 호방해진다.

十里平郊獵火燒　　新晴物色更肥饒
和風暖日旗初動　　細草晴沙馬正驕
黃犬搏獐牙勝戟　　蒼鷹逐兔爪如刀
貪看不覺斜陽莫　　得寫誰呼氣像豪

# 동쪽 교외에서 사냥 구경을 하며

東郊觀獵 - 허침

한 잔 술에
만고의 변함없는 강산을 바라본다.
평평한 풀밭을 천 명의 기병이
사냥하고 돌아올 때
쫓기는 노루는 늙었어도
오히려 죽기 살기로 달아나고
화살을 맞은 꿩을 찾아 돌아오는데
정말로 재주가 있구나.
깃발의 그림자가 펄럭이자
봄물은 파문波紋이 일고
호각소리가 크게 들리자
사냥꾼들은 구름처럼 흩어진다.
그 당시 젊은 사람들이
올라와 놀던 곳
훗날 젊은 학생들로 하여금
실로 슬프게 한다.

萬古溪山酒一盃　　平蕪千騎獵初廻
逐獐老去猶忘死　　射雉歸來信有才
旗影欲搖春水動　　角聲高送陣雲開
當時叔子登遊地　　淇蕫他年實可哀

# 동쪽 교외에서 사냥 구경을 하며

東郊觀獵 - 조위

아침 일찍 성남에서
사냥 구경을 하는데
불탄 자리엔 푸른 풀들이
정말 꽃처럼 예쁘게 돋아났다.
태양 아래 빛나는 채색 깃발
사냥꾼들을 가리고
구름같은 별동대는
수많은 짐승을 잡아서 돌아온다.
들을 막아 그물쳐서
교활한 토끼가 오갈 데 없고
허공에 모혈毛血을 뿌리며
흰 매가 난다.
생고기 안주삼아 취한 후에
말을 몰아 다시 돌아오는데
후회스럽구나
미리 짧은 옷 입지 않은 것을.

早向城南看打圍　　燒痕青草政芳菲[1]
彩旗曜日遮群去　　別隊如雲得雋歸
塞野羅罝狡兔窘　　洒空毛血白鷹飛
割鮮醉後還馳馬　　悔不從前着短衣

---

1) 조위(曹偉)의 문집인 『매계집(梅溪集)』에는 '政' 대신 '正'으로 표기되어 있다.

# 태평관에서 밤에 술을 마시며

大平館夜飮 – 성현

비단 자리 수놓은 장막으로
화당華堂은 둘려 있고
은촛대에 촛불은 가물거리고
채색한 기둥에선 광채가 빛난다.
술 먹는 무리, 시 짓는 나그네들
의기가 양양하고
연구聯句를 지으며
무릎을 맞대고 앉아 옥술잔을 날린다.
마루 앞에는
비단옷 입고 단장한 서너 무리들
마루 뒤켠에는
우레같은 퉁소소리 북소리가 들린다.
동풍이 사납게 불어
낙화가 흩날리고
봄날 밤이 빨리 가니
놀이가 정히 근심스럽구나.
그대에게 권하노니,
방황하지 말게나.
이 시간 이 같은 즐거움은
아마 끝남이 없는 것
내일 아침 풍덕으로 돌아가는 길

아득히 멀고
되돌아보아도
송악의 구름은 아득하리니
다시 이 같은 유람을 추억할 때면
애간장이 끊어지리라.


錦茵繡幕圍華堂　　銀燭隱映輝雕梁
酒徒詞客氣揚揚　　占聯促膝飛瑤觴
堂前數隊羅紅粧　　堂後簫鼓聲雷硠
落花飛處東風狂　　行樂政愁春夜忙
勸君不須且彷徨　　此時此樂殊未央
明朝豐德歸路長　　回看松岳雲茫茫
却憶玆遊還斷腸

# 태평관에서 밤에 술을 마시며

## 太平館夜飮 - 조위

붉은 기와에 그림장식한 누각은
그윽하고 조용한데
주렴 밖 깃발은
배꽃바람에 가볍게 휘날린다.
밤기운은 싸늘한데
촛불은 긴 무지개인 듯
청산에 낮 비 내리는 소리가
북소리처럼 들린다.
포도송이는
푸른 구슬을 모아 놓은 듯
꽃향기 떠다니는 방안에는
봄기운에 녹녹하다.
주인의 곡진한 대접에
객 또한 즐거워
새벽달이 동쪽 담장에
떠오르는 것도 모른다.
애닯고 호탕한 악기소리는
담장 너머로 들리고
노래를 즐기는 호탕한 기상은
원룡元龍1)을 뛰어넘었다.
수레 끄는 말 노릇 십여 년2)

170

---

1) 『삼국지(三國志)』「위지(魏志)」〈진등전(陳登傳)〉에, 동한(東漢)의 진등(陳登)이 자기는
상상(上床)에 눕고 그의 벗 허범(許汜)은 하상(下床)에 눕게 한 고사에서 나온 말로,
빈객을 업신여김을 이르는 것을 의미하며, 여기에서 원룡고와(元龍高臥)라는 성어가
생겼다.
2) 벼슬살이를 하는 것을 의미한다.

티끌세상 속으로 내달리며
오늘에야
평생 가슴속에 묻어둔 먼지를 떨쳐 버렸다.
임이여
옥수의 노래를 부르지 마오.
옛날부터
망국은 날아간 기러기 같다오.

朱甍畫閣深重重　　簾旌輕颺梨花風
夜寒蠟炬如長虹　　靑山白雨聲鏊鏊
蒲萄綠漲玻瓈鍾　　香浮繡幕春融融
主人纏綣客亦樂　　不知缺月昇墻東
哀絲豪竹徹寥廓　　酣歌逸氣超元龍
轅駒十載走塵中　　今日抖擻芥滯平生胸
佳人莫唱玉樹調　　古來亡國如飛鴻

# 태평관에서 밤에 술을 마시며

太平館夜飮 - 안침


태평관에 봄이 깊어
꽃 그림자 겹겹인데
컴컴한 주렴 안으로
향기로운 바람이 불어온다.
술자리가 질서정연하여
마치 무지개가 뜬 듯
밤이 들자 갈고<sup>1)</sup>가
둥둥 울리며 시간을 재촉한다.
한번에
이미 삼백 잔이나 비웠으니
취하여 바라보니
천지는 어찌 그리 화락한지?
밤은 깊어
은촛대의 촛불은 반짝이며
때맞추어 하얀 달이
동쪽에서 떠오른다.
술자리를 함께 한 여러분은
모두들 뛰어난 유학자들
시를 짓고 붓을 떨구자
물결 위로 용이 솟구치는 듯
인간 만사는

1) 마구리를 말가죽으로 메웠으며, 받침 위에 올려놓고 치는 장구.

허무하기 짝이 없으니
술을 버린다면
무엇으로 시름을 녹이랴?
오늘 밤은
모두 다 너무 취하지 말라.
내일 아침이면
서로 헤어져 다시 바람 따라 떠도는 신세
오직 보이는 건
저녁노을 어둠 속으로 날아가는 기러기뿐.

華館春深花影重　　陰陰簾幙來香風
賓筵秩秩氣如虹　　羯鼓入夜催鼕鼕
一飮已傾三百鍾　　醉看天地何圓融
銀燭燁煌夜向中　　時有皓月生於東
坐上諸子皆儒宗　　詩成落筆波翻龍
人間萬事空復空　　舍酒無以銷煩胸
今宵盡莫忽忽醉　　明朝相別還飄蓬
唯見落日飛冥鴻

# 태평관에서 밤에 술을 마시며
太平館夜飮 - 허침

내 뜻에 맞는 인생살이가
바로 나의 취향
말 고삐잡고 떠난 유람 길
어찌 괴롭게 고민하랴
봄이 깊어가니
정원에 떨어진 꽃잎이 어여쁘고
청동의 물시계는
아직 한밤중을 지나지 않았다.
삼백여 술잔이
거듭 나에게 이르러도
오천의 문장을 지으며
호탕하게 술을 계속 마신다.
주인께선
머리 깎아 주저앉힐 생각 마라
예로부터 술을 많이 마신 자 가운데
성광醒狂1)도 있도다.

174

適意人生是我鄕　　羈遊何必苦思量
春深院落花方艶　　漏下銅壺夜未央
三百酒盃頻到手　　五千文字謾撑腸
主人莫作留髡計　　多酌從來有醒狂

---

1) 중국 당(唐)나라의 시인인 이백(李白)을 가리킨다.

# 태평관에서 밤에 술을 마시며

太平館夜飮 - 채수

태평관에 가득한 봄바람에
철쭉꽃이 만발하고
밤이 깊어가자
별과 달이 다시 배회한다.
그림장식한 당 안의 은촉이
대낮처럼 환하고
비단 장식한 거문고 소리가
마치 우레소리 같구나.
그런데도 주인은 웃으면서
시구詩句를 구하고
그의 뜻에 따라
나그네들은 큰 술잔을 비운다.
노래가 시들해지자
술자리는 더욱 쓸쓸해져
시험삼아 전조前朝
겁회劫灰1)를 물어본다.

滿院春風躑躅開　夜深星月更徘徊
畫堂銀燭明如晝　錦瑟瑤絃響似雷
却笑主人求短律　任他遊子倒深杯
歌殘後殿增凄斷　試向前朝問劫灰

1) 불교에서 세계가 파멸될 때에 일어난다는 큰 불.

# 태평관에서 밤에 술을 마시며

太平館夜飮 - 성세명

은촛대의 촛불이 환하게 밝아
대문의 빗장을 비추고
꽃가지 장식물은 빛이 나서
소라처럼 쪽진 머리를 비춘다.
좋은 장소를 만났으니
연달아 마시는 것을 꺼리지 말라
남녀의 사랑도
한 끼 밥 먹는 짧은 시간이다.


銀燭煌煌照夜闌　　花枝燦燦映螺鬟
逢場莫憚留連飮　　暮雨朝雲一餉間

# 경천사

## 敬天寺 - 조위

말을 몰아 서쪽 성 밖으로 나가니
들에 있는 절은 동풍을 맞으며 앞에 펼쳐 있다.
버들가지는 말갈기처럼 휘날리고
원추리 풀은 평평한 들에 쭉 깔려 있다.
골짜기는 깊숙하고도 길며
절집은 반쯤 기울어져 퇴락했다.
어찌하여 불에 태워지는 재앙을 만나
불의 신이 뜨거운 연기를 토해냈다.
법당은 언덕으로 변하고
한 칸 방만 홀로 남아 있으며
텅 빈 마당에 서있는 보탑은
백 길 높이 푸른 하늘에 솟아 있다.
옥 그림자는 새벽달 아래 일렁이고
풍경소리는 교외 밖으로 흩어진다.
정미精微함을 자세히 궁구하여 보니
어지러운 수만 영령들이 꽉 들어 차 있다.
중이 말하기를 지정至正1) 연간에
기황후奇皇后2)가 경영한 곳이라고 한다.
위복威福을 전단專斷하며 교만 방자하여
피폐한 백성들을 어찌 구휼하였으리.
몇 해 동안 바다 건너 옮겨왔을까?

---

1) 중국 원(元)나라 순제(順帝)가 재위 기간 동안(1341~1367) 사용한 연호(年號).
2) 기황후(奇皇后, ?~?) : 중국 원나라 순제의 황후. 고려인 기자오(奇子敖)의 딸로, 고려
   출신 환관 고용보(高龍普)의 추천으로 궁녀가 되어, 황자 아이유시리다라(愛猶識理達
   臘)를 낳고, 제2황후로 책봉되었으며, 그 후 30년 동안 권세를 부렸다. 고려에도 큰
   영향을 미쳐서 오빠인 기철 일파가 탐학과 횡포를 일삼는 데에 결정적인 힘이 되었다.

수많은 남정네들 어깨가 붉게 피멍이 들었으리.

이 절을 지은 뜻은 진실로 고통이었건만

멀리 산과 더불어 우뚝하구나.

부용꽃이 수놓은 깃발들은

오색은 청홍으로 어릿하고

보배로운 구슬로 더욱 치장을 하니

광채는 발 사이로 밝게 드리운다.

모두 말하기를 내탕금에서 나온 것이라고

시주하여 부처님의 힘을 빌리고자 함이었나?

마침내 복전福田이 무슨 의지가 되었나?

온 나라가 재앙을 당했네.

무너진 벽에는 화상畵像이 있는데

가사와 곤룡포가 그려져 있다.

사람들이 전하기를 탈대사脫太師3)는

엄연히 관검冠劍4)의 우두머리였다고 한다.

당시의 고통을 겨우 말할 수 있지만

백세百世에 아름다운 이름 전하리.

옛 일을 조문하자니 생각은 끝이 없고

바람 앞에 서니 더욱 강개慷慨해진다.

세상일은 이렇게 변하는데

강산만 홀로 울창하고

시를 지어 경승景勝을 기록하자니

산과 강에서 미풍이 불어온다.

178

3) 원(元)나라 세조(世祖) 때의 명신.
4) 관(冠)은 문관(文官)을 의미하고, 검(劍)은 무관(武官)을 뜻하므로, 관검(冠劍)은 문무
  관을 의미한다.

野寺東風前
麗景熙平田
佛屋半欹顛
回祿嘘炎煙
一室巍獨存
百仞磨青冥
鈴音散郊坰
紛羅森萬靈
奇后所經營
豈恤疲吾氓
萬夫肩亦赬
迥與山崢嶸
五色眩青紅
光彩明簾櫳
舍施要空王
閭門嬰禍殃
緇塵棲袞裳
儼然冠劍長
百世名流芳
臨風增慨慷
江山獨老蒼
山水送微涼

聯鞍出西郭
遊絲颺馬鬃
洞壑窅而邃
胡爲遭劫火
金碧化丘原
寶塔立空庭
玉影動曉月
刻削究精微
僧言至正間
驕橫弄威福
幾年渡海來
搆此意良苦
錯落繡芙蓉
副以寶珠顆
皆云內府藏
福田竟何賴
破壁有畫像
人傳脫太師
當時困讒舌
弔古意何限
世事如許變
題詩記勝迹

# 경천사

敬天寺 - 성현

높고 높은 보탑은
구름 위 하늘높이 솟아있고
옥돌을 깎아 만든 난간은
백 척의 높이로 솟아있다.
바람이 불자 풍령소리
골짜기까지 시끄럽고
용트림하듯 그림자가
숲 언저리까지 드리웠다.
후대사람들은 모두들
규모가 정교함을 좋아하는데
전쟁의 참화에도
태우기 어렵게 만들었다.
객이 찾아와 스님에게
흘러간 과거만 물으니
부질없이 검은 먹물로
하얀 붓털만 물들이게 한다.

層層寶塔揷雲霄　　玉削欄干百尺高[1]
鈴鐸受風喧洞壑　　龍蛇倒影落林皐
後人共愛規模巧　　劫火難燒結搆牢
客至訪僧尋歲月　　謾將鴉墨染霜毫

---

1) 성현(成俔)의 문집인 『허백정집(虛白亭集)』에는 '欄干' 대신 '參差'로 표기되어 있다.

# 경천사

## 敬天寺 – 허침

구름 속에 헤매이던 골짜기
맑고 그윽한 곳으로 돌아들고
보탑의 주위엔
항상 청명한 기운만 떠있다.
반드시
구천의 수월부$^{修月斧}$를 빌려서
다시
평지에 보주루$^{葆珠樓1)}$를 만들리라.
사악한 사람이
몇 년이나 백성들의 힘을 피로하게 하였나?
만 리 머나먼 길에
헛되이도 번거롭게 바다 건너 배로 가져왔다.
잠시 선방에 누워
또다시 그 웅장함을 감탄하는데
인간 세상의 겁화는
모두 다 아득하구나.

181

雲迷洞壑轉淸幽　　寶塔常留灝氣浮
定借鈞天修月斧　　更成平地葆珠樓
幾年枉自疲民力　　萬里空煩具海舟
暫臥禪房曾浩歎　　人間劫火儘悠悠

---

1) 중국의 전설상 전해지는 칠보(七寶)로 합성하여 만든 도끼로 춘추시대 말기의 월(越)나
라 왕인 구천(勾踐, ?~BC 465)이 오왕 합려와 싸워 그를 죽였지만, 자만하여 2년 만에
다시 오나라 왕인 부차에게 패배하여 오나라의 신하가 되었다. 그 후 구천은 치욕을
씻기 위하여 쓸개를 핥으면서 부국강병(富國强兵)에 힘써 끝내 부차를 꺾고 오나라를
멸망시켜 월나라의 고토를 회복한 것을 말한다.

## 경천사

敬天寺 - 안침


모르겠구나.
어느 시대에 불교가 흥성한지를
높다랗게 12층으로 서있는
저 부도탑
누각과 전각은 모두
전쟁에 불타 초석만 남아있고
시간은 바람 앞 등불에 맡겨져
흔적하나 없구나.
땅의 신령과 글 짓는 길손만
자주 와서 구경하는데
옛길은 흔적조차 없고
멍청한 스님은 오르기를 귀찮아한다.
훗날
다시 이곳을 찾아오게 된다면
일찍이 벽돌에 새겨놓은
우리들의 이름을 확인하리라.

不知何代法門興　　岌嵂浮圖十二層
樓殿有基經劫火　　光陰無迹付風燈
地靈騷客頻來賞　　道廢頑僧已倦登
他日會須重過此　　上磚題字記吾曾

# 경천사 탑

敬天寺塔* - 채수

동서남북 사면이
청산으로 그림병풍을 둘러놓고
절 마당엔
고고한 하얀 돌탑이 우뚝 서있다.
처음엔 옥기둥이
하늘을 떠받고 서있나 했다가
또 다시 진주 궁전이
특이하게 땅에서 솟았나 의심하였다.
달빛이 가득한 옥계단엔
오직 그림자만 보이고
눈이 흩날리는 은세계는
도리어 흔적조차 없구나.
그 당시에
얼마나 많이 백성들의 원성을 샀을까?
아득히 상상컨대 절집을 짓는 것을
하나같이 원망했을 걸.

四面靑山擁畫屛　半庭孤塔白亭亭
初疑玉柱擎天立　還訝珠宮特地生
月滿瑤階惟見影　雪飄銀界却無形
當年幾斂生民怨　緬想經營一愴情

* 채수(蔡壽)의 시문집인 『나재집(懶齋集)』에는 제목이 '本敬天寺塔乃元奇皇后所作 載船
越海來造者 凡十三層 巧奪天眞'이라고 되어 있다.

183

# 장원정

長源亭 - 허침

타고난 성정이
산수를 좋아하여
경승지에서 서로 만나는 것도
분명 하나의 즐거움이리라
어리석은 놈이라
술을 끊는 것이 쉽지 않고
제멋대로 하는 놈이라
누가 다시 벼슬을 줄까?
바다는 지는 해를 머금고
금빛 기둥으로 버티고
밀물에 밀려온 잔물결에
옥쟁반을 씻는다.
이곳을 등지고 떠나
속된 세상으로 나아가야 하니
내일 아침 돌아가는 길은
분명 질질 끌게 되겠지.

生來情性愛湖山　　勝地相逢整一歡
癡漢未容能斷酒　　潙郞何用更爲官
海涵落日撑金柱　　潮送輕波拭玉盤
錯向紅塵從此去　　明朝歸路政曼曼

# 장원정

## 長源亭 – 조위

걸어서 오른 산언덕
푸른 산안개로 젖어있고
바라보는 곳마다 아지랑이 피어
모두 희미하구나.
해문海門에서 밀려오는 파도는
청산에 부딪혀 용솟음치고
모래 언덕엔
바람 따라 백조가 날아든다.
저녁노을이 질 때
뿔피리 소리 처량하고
옛사람의 잘못으로
행궁엔 잡초만 뒤덮였구나.
경승景勝에 탐하여
저 멀리 아득히 바라보니
다만 외딴 배가
달을 싣고 돌아온다.

步上岡頭濕翠霏　　望中煙火摠熹微
海門浪蹙青山湧　　沙岸風來白鳥飛
斷角凄涼殘日落　　行宮蕪沒昔人非
貪看目盡鴻濛外　　只有孤帆載月歸

## 장원정에 올라서

登長源亭 次大虛韻 – 성현


바다바람이 불어
안개는 저녁때까지 자욱하고
하늘 끝 바라보니
볼수록 더욱 희미하다.
해 저문 촌락에는
새들이 날아들고
밀물이 밀려오는 모래포구엔
작은 돛이 펄럭인다.
산구름은 아득히 몰려오는데
산은 부질없이 남아있고
궁궐은 황무지로 변하여
세상은 이미 그 시대가 아니다.
그대들과 함께 술병 들고
명승지를 유람하니
조용히 있으며 취하지 않으리니
돌아가자는 말 하지 말라.

海風吹霧暮霏霏　　目極天涯望更微
日落村墟飛鳥集　　潮回沙浦片帆飛
雲嵐迢遞山空在　　宮闕荒蕪世已非
與子携壺遊勝地　　厭厭不醉不言歸

## 장원정

長源亭　用大虛韻 - 안침


십년 서울살이에
물안개가 핀 경치를 꿈꾸다가
오늘에야 대지팡이 짚고
푸른 산등성이에 올랐다.
저 멀리 바닷물은 하늘에 이어져
하늘과 한빛이 되고
남은 저녁노을은
곧바로 집오리와 함께 날아든다.
경물에 놀란 마음은
모두 어제의 일인 듯한데
눈 돌려 본 강산은
절반이 이미 그때의 것이 아니다.
전왕조의 흥망사를
묻고자 하여
해는 저무는데
머리 돌리며 돌아가는 걸 잊는다.


十年京洛夢烟霏　今日携筇上翠微
遠水遙連天一色　殘霞直與鶖齊飛
驚心景物都如昨　擧目江山半已非
欲問前朝興廢事　斜陽回首自忘歸

## 장원정

長源亭 次太虛韻 – 채수

사방으로 둘러앉아 청담을 나누는데
눈은 펄펄 내리고
명승지를 찾으니
관직엔 미련이 없구나.
오직 걱정인 것은
술통 바닥의 흙탕물이 다하는 것
서산으로 밝은 태양이 날아간다고
두려워 마라.
강 위엔 고깃배가
왔다가 또 가고
보름날에 보이는 신기루처럼
옳은지 그른지?
평생을 호탕하게
강호의 흥을 즐기려고
오늘은 술통 앞에서
돌아갈 생각하지 않는다.
아득히 바닷가에
잔비 맞으며 서있으니
눈에 들어오는
먼 산은 머리털처럼 희미하다.
야트막한 산, 텅 빈 숲엔

오직 새만 날아가고
장원정 유적지는
이미 구름처럼 날아갔다.
굳이 손가락을 꼽으며
고금을 따지며
어찌 남은 귀부석龜趺石에게
시비是非를 묻겠는가?
쓸쓸히 돌아오는 길에
흥폐興廢를 조문하는데
다만 석양에 보이는 건
목동들이 집으로 돌아가는 모습뿐.

四坐高談玉屑霏　　名區斗覺宦情微
惟愁盞底黃流盡　　莫怕山西白日飛
江上漁舟來又去　　望中蜃市是耶非
平生浩蕩江湖興　　今日樽前未擬歸
蒼茫海上立殘霏　　入望遙山一髮微
餠岳空林惟鳥去　　長源遺跡已雲飛
固知彈指成今古　　何用持龜問是非
惆悵歸來弔興廢　　夕陽祇見牧童歸

# 발문

이 희 보[1]

　기(記)에는 휴식과 유람의 이야기가 있고, 시(詩)에는 맥수(麥秀)와 은허(殷墟)를 읊은 것이 있다. 옛날 사람들은 정신이 혼란하거나 생각이 막히면 반드시 산천을 유람하고, 하늘을 우러러 보고 땅을 굽어보면서 기상을 굳세게 하며, 장한 생각을 키웠다. 그리고 그 유람을 반드시 폐망한 나라의 도읍지로 하는 것은 미록(麋鹿)과 고소(姑蘇)의 감회와 동타(銅駝)와 형극(荊棘)[2]의 슬픔이 있기 때문에 감계를 불러일으키고, 역사의 흥폐를 따져볼 수 있기 때문이다.

　이것은 내가 이『송도록(松都錄)』을 간행하여 후대에 전함을 오래도록 하고자 한 까닭이다. 나는 어려서부터 오래도록 눈이 흐려 책을 보는 데 곤란을 겪어서 배낭을 메고 산을 찾아 유람하였다.

　이른바 송악이라는 곳은 사람과 물건이 많이 모이는 곳이라 변화를 볼 수 있다. 강산의 예전과 같으나 고궁은 기장밭이 되고, 무너진 담장엔 꽃풀이 자라는 것을 보고 그곳이 고도임을 알게 하나, 옛 도읍의 상실감을 알지 못하여, 비록 두루두루 돌아다니며 구경하였으나 이로움이 없었다. 나이가 들어 이미 자세하게 국승(國乘)을 보고, 지난 흔적을 따져 보면서도, 송도는 조선왕조의 귀감이 되지 않는 줄로 알았다.

　그 후 허침은 도덕과 문장이 뛰어나 이 시대의 명재상이 되었고, 안침은 판서가 되었으며, 채수와 성현, 조위는 크게 이름을 날리고 학문이 깊고 넓어 사문(斯文)의 영수가 되었다.

190

---

1) 이희보(李希輔, 1473~1548) : 본관은 평양(平壤)이고, 자는 백익(伯益)이며, 호는 안분당(安分堂)이다. 조선 중기 문신으로 선산부사·돈령부정·여주목사, 대사성·중추부첨지사 등을 지냈다. 문집으로『안분당시집(安分堂詩集)』이 있다.
2)『한서(漢書)』「오피전(伍被傳)」에, 중국 전국 시대 때에 오나라 오자서(伍子胥)가 오나라가 오래지 않아 망할 것을 탄식하기를, "신은 지금 고소대(姑蘇臺)에 들사슴들이 노는 것을 보리라." 하더니, 과연 오나라가 망하였고, 오피(伍被)가 "지금 신도 또한 궁중에

그들은 성종조에 문치가 이루어진 승평(昇平)시대를 치장하는, 그 시대의 최고의 인재들이었다. 그들이 산천을 두루두루 유람한 것은 다만 그들의 기상을 장엄하게 하여서 천지를 경영할 능력과 순일한 도덕을 갖추는데 보탬이 되었기 때문이다.

그들이 맥수(麥秀)와 서리(黍離)를 읊은 것은 당연히 삼백 편[詩經]과 더불어 영원히 민멸되지 않을 것이니, 그것은 역사의 흥망과 폐망을 따져 후세에 귀감과 경계를 줄 수 있음이 분명하다. 이것이 내가 이 『송도록(松都錄)』을 간행하여 오래도록 전하고자 한 이유이다.

을해년(1515년, 중종 10년) 늦여름 평성 후학 이희보가 삼가 발문을 쓰다.


## 跋文

李希輔

記有息焉 游焉之說 而詩有麥秀殷墟之咏. 古之人有亂慮滯志 則必游歷山川俯仰乾坤 以壯其氣 以益其丈思 而其游歷 必於古都者 以其有麋鹿姑蘇之感 銅駝荊棘之悲 可以徵鑑戒 而考興廢也. 此吾所以刊是篇 而欲壽其傳也. 余少時 久困眊瞭 負笈尋山 嘗游. 所謂松嶽者 觀市朝之變. 遷覽江山之如昨 古宮禾黍 毀垣芳草 知其爲古都 而不知古都之悲也. 雖游歷尙無益也. 及年 旣老觀國乘 考往蹟 知松京非聖朝之龜鑑也. 厥後 許相公 以道德文章 爲時名相 安相公爲九卿 若蔡 若成 若曺大鳴 大雅之盛 爲斯文

가시풀이 돋아나고, 이슬에 옷이 젖을 것입니다."라고 하여 나라가 망한 것을 의미한다. 『한서(漢書)』「오피전(伍被傳)」, 昔子胥諫吳王 吳王不用, 乃曰 臣今見麋鹿游姑蘇之臺也. 今臣亦將見宮中生荊棘 露霑衣也. 后以鹿走蘇臺比喩國家敗亡 宮殿荒廢) 또한 이백(李白)의 〈대주(對酒)〉시에, 가시풀이 석호전에 돋아나고 / 사슴이 고소대를 내달린다.(棘生石虎殿 鹿走姑蘇臺)라고 읊었다.

領袖 其在成廟朝 笙簧治道膏沐昇平 一代最 其所以游歷山川者
其徒壯其氣 以益其文思而已. 其麥秀黍離之咏 當與三百篇 同爲
不朽 則其所以考興廢 而垂鑑戒於後世者 可量歟 此吾所以刊是
錄 而欲壽其傳也.

　乙亥季夏 平城後學 李希輔謹跋